Sissi Flegel

Schule, Ballett & erster Kuss

cbj

DIE AUTORIN

Sissi Flegel hat alles erlebt, was man erleben muss, um Kinder- und Jugendbücher zu schreiben. Sie kommt aus einer Großfamilie, ging auf ein Mädcheninternat, studierte Sprachen und arbeitete als Lehrerin, bis sich ihre Erfahrungen verselbstständigten und in Büchern materialisierten. Ihre witzigen Mädchenbücher sind Bestseller und ihre Fangemeinde wächst ständig. Um näher an den Alltag zu kommen, entstehen ihre Mädchenbücher meistens vor Ort.

Von Sissi Flegel ist bei cbj erschienen:

»Schule, Ballett & Dornröschenkuss« (40071)

»Schule, Ballett & Handykuss« (40070)

»Lieben verboten« (40068)

»Liebe, List & Andenzauber« (40066)

»Coole Küsse, Meer & mehr« (40067)

»Die Liebeslüge« (13873)

»Die Liebesrache« (13888)

»Zippi – Doppelt verliebt hält besser« (40061)

»Wintertraum und Weihnachtsflirt« (13971)

Sissi Flegel

Schule, Ballett & erster Kuss

cbj

cbj
ist der Kinder- und Jugendbuchverlag
in der Verlagsgruppe Random House

MIX
Papier aus verantwortungsvollen Quellen
FSC
www.fsc.org
FSC® C014496

Verlagsgruppe Random House FSC-DEU-0100
Das FSC®-zertifizierte Papier *München Super Extra* für
dieses Buch liefert Arctic Paper Mochenwangen GmbH.

1. Auflage
Erstmals als cbj Taschenbuch Dezember 2011
Gesetzt nach den Regeln der Rechtschreibreform

Umschlagillustration: Dagmar Henze
Umschlaggestaltung: Basic-Book-Design,
Karl Müller-Bussdorf
kg · Herstellung: CZ
Satz: Buch-Werkstatt GmbH, Bad Aibling
Druck und Bindung: GGP Media GmbH, Pößneck
ISBN: 978-3-570-40069-2
Printed in Germany

www.cbj-verlag.de

Samstag:

Sonne satt!

»Was für ein super Tag heute!«, rief meine Freundin Isabel begeistert.

»Stimmt. Sonne satt!«, antwortete ich.

Isabel lachte. Sie kannte mich – ich liebe es, meine Stimmung mit Ausdrücken aus dem Wetterbericht wiederzugeben. »Um gleich mal beim Wetter zu bleiben, Isabel: Weißt du, was Lehrer und Wolken gemeinsam haben?«

»Lehrer und Wolken? Überhaupt nichts«, sagte meine Freundin entschieden.

Wir saßen mitten in Stuttgart auf dem Rand des großen Brunnens, der auf dem Platz vor dem Neuen Schloss steht, kühlten die Füße im Wasser und genossen den letzten Samstag der großen Ferien.

»Hast du ’ne Ahnung!«

Ich wartete so lange, bis Isabel vor lauter Spannung herausplatzte: »Nun sag schon! Tu doch nicht so geheimnisvoll!«

»Da du es ja unbedingt wissen willst, Isabel: Der Tag wird schöner, wenn sie sich verziehen!«

Isabel war leicht zu beeindrucken. Sie hob überrascht die Augenbrauen. »Stimmt!«

»Sag ich doch. Wenn es nach mir ginge, könnte ich locker ohne Lehrer und ohne Schule auskommen.«

»Wie bitte? Das sagst ausgerechnet du, Bille? Wo du vormittags in die Schule und nachmittags ins Ballett gehst? Morgens Lehrer und nachmittags Lehrer? Kein Mensch aus unserer Klasse hat so viel mit Lehrern zu tun wie du!«

»Es sind doch ganz verschiedene. Auf die in der Schule kann ich verzichten, auf meine Ballettlehrerin nicht. Was glaubst du, wie ich mich auf den Unterricht freue. Ferien sind ja gut und schön, aber ich bin inzwischen ganz eingerostet.«

»Übertreib doch nicht so. Du hast mir gesagt, dass du jeden Tag trainierst«, widersprach meine Freundin – und damit hatte sie sogar recht.

»Klar hab ich trainiert. Lockerungsübungen, Dehnübungen, ein bisschen Krafttraining ... Aber was ist das schon!«

Ich bewegte die Zehen im Wasser. Meine Mutter hatte als Kind eine private Ballettschule besucht, und weil ich, wie sie fand, genauso dünn und leicht und beweglich war wie sie früher, hatten mich meine Eltern kurz nach meinem fünften Geburtstag zum Ballettunterricht angemeldet. Mir gefiel es sofort, ich fühlte mich dort wie ein Fisch im Wasser und wurde mit sechs in die Vorschulklasse der berühmten John Cranko-Ballettschule aufgenommen. In der Woche hatten wir gerade mal eineinhalb Stunden Unterricht; das fand ich furchtbar wenig. Deshalb begleitete ich meine Kindergartenfreundin Ellen, die weiter in die private Ballettschule ging, sodass ich wenigstens zweimal in der Woche tanzen konnte.

Mit acht Jahren trainierten wir schon viermal, ab zehn sechsmal in der Woche: jeden Nachmittag von Montag bis Samstag. Mir macht das nichts aus, im Gegenteil, Ballett gehört zu meinem Leben wie essen und trinken.

Meine Eltern, mein zehnjähriger Bruder Joschy und ich wohnen in Stuttgart in der Diemershalde. Das ist supergünstig, denn ich kann alles zu Fuß erreichen: das Katharinenstift, also mein Gymnasium, und die Ballettschule in der Urbanstraße. Bis zur Innenstadt ist es auch nicht weit, ich brauche normalerweise keine Straßen- oder U-Bahn und auch kein Fahrrad.

Fahrradfahren in Stuttgart ist ätzend. Früher, als Stuttgart nicht größer als ein mittelkleines Dorf war, lag es nämlich mitten in den Weinbergen, die man über steile Treppen erreichte. Als der Ort wuchs und die neuen Häuser die alten Weinstöcke auf den Hügeln verdrängten, blieben die vielen Treppen. Kein Mensch sagt aber »Treppen« zu den steinernen Stufen. Sie heißen »Stäffele« und davon gibt es noch heute mindestens dreihundert Stück.

Unser Haus liegt auch an einem steilen Hang mit einer Staffel und meine Großmutter, in deren Haus wir alle miteinander wohnen, meint, sie hätte nur wegen der vielen Staffeln ein so gesundes Herz.

Ich zuckte zusammen, weil Isabel mich anstieß.

»He, Bille, träume nachts! Sag mal, wie lange willst du eigentlich noch ins Ballett?«

Vor Schreck rutschte ich fast ins Becken des Springbrunnens. »Spinnst du, Isabel? Warum fragst du das? Ich werde immer tanzen! Immer! Ballett ist mein Leben!«

Ich sprang auf den Brunnenrand, stellte die Füße in die erste Position, öffnete die Arme, führte sie nach oben, bis sie einen ovalen Rahmen um den Kopf bildeten, beugte die Beine zum Plié, setzte dann einen Fuß nach hinten, senkte und winkelte mit leicht gestreckten Fingern die Arme und sank in einen Knicks.

Die Passanten klatschten Beifall, einer rief: »Mach's noch mal, Süße!«

Lachend warf ich den Leuten Kusshände zu. »So werde ich mich eines Tages nach meinen Solotänzen beim Publikum bedanken«, sagte ich zu Isabel. »Und wenn dann auf den großen Plakaten steht: ›Primaballerina Sybil-Marie Wengert tanzt das Dornröschen‹, du, dann hab ich es geschafft.«

»Glaubst du, du bringst es so weit?«, wollte meine Freundin wissen.

»Ich glaube es nicht, ich weiß es.«

»Cool.« Isabel seufzte. Sie ist rotblond und ein bisschen mollig und hat noch das, was meine Mutter »Babyspeck« nennt. Am liebsten liegt sie im Liegestuhl im Garten, liest ein Buch und isst dazu Schokolade oder, wenn ihre Finanzen das hergeben, diese Pralinen mit der Haselnuss. »Ehrlich, Bille, ich beneide dich. Du weißt jetzt schon, was du später machen willst. Ich weiß gar nichts. Das Einzige, was mir Spaß macht, ist lesen und essen und feiern. Und shoppen natürlich! Schade, dass du so wenig Zeit dazu hast, Bille.«

Ich nickte. Es war schade, aber daran war nichts zu ändern. Eigentlich hatte ich nur in den Ferien Zeit für Isabel. Wenn wir nicht nebeneinander wohnen und dieselbe Klasse besuchen würden, wäre unsere Freundschaft bestimmt längst auseinandergegangen. Aber so hatten wir wenigstens einen gemeinsamen Schulweg, konnten über die Klassenarbeiten und Noten jammern und über fiese Lehrer und blöde Mitschüler lästern.

Manchmal habe ich echt keine Zeit für die Hausaufgaben. Dann klingle ich frühmorgens bei Isabel und rufe: »Hast du Mathe?«, oder: »Kannst du mir mal rasch die Englisch-Übersetzung geben?« Isabel hat immer alle Hausaufgaben gemacht. Sie ist keine Streberin, aber so ist sie eben – und immer lässt sie mich abschreiben.

»Komm, gehen wir Eis essen«, schlug ich vor, als ich daran dachte, dass ich ihre Hilfe auch im neuen Schuljahr brauchen würde. »Ich lade dich ein.«

Das musste ich Isabel nicht zweimal sagen. Mit der Waffel in der Hand setzten wir uns auf die neue Treppe am Kleinen Schlossplatz. Dort hat man nämlich den besten Blick auf die Königstraße, die Stuttgarter Fußgängerzone. Wir leckten Eis und schauten den Leuten zu, die bummelten, Freunde trafen oder mit Einkaufstüten beladen Richtung Bahnhof oder Parkhaus gingen.

Die Treppen sind nicht nur zum Gehen, sondern auch zum Sitzen gemacht. Immer trifft man dort irgendwelche Bekannten. An diesem Samstag war das auch so. Kaum saßen wir, stieß ich Isabel an: »Schau mal, da kommt dein Lover.«

Sie sprang fast auf. »Wo?«

»Da! Er hat dich schon entdeckt und läuft die Treppe hoch!«

»O Gott, ausgerechnet jetzt muss er mich sehen, wo ich doch kein bisschen zurechtgemacht bin«, jammerte Isabel. »Überhaupt, Bille, Jan ist nicht mein Lover. Wie kommst du nur darauf?«

»Isabel! Ich komme nicht darauf, ich sehe es! Du bist rot geworden, Jan ist rot geworden ... Was willst du mehr?«

»Hey!« Jan nickte mir zu, dann plumpste er neben Isabel auf die Stufe. »Hey«, sagte er noch einmal und schaute Isabel verstohlen an, so aus dem Augenwinkel heraus. Sie schielte auch nur mal eben fix rüber zu ihm, ihre Blicke trafen sich, blitzartig wurden ihre Gesichter rot wie Feuermelder – dann schauten beide angestrengt in die Ferne. Na ja, vielleicht sahen sie auf einem der gegenüberliegenden Hügeln etwas wahnsinnig Interessantes. So weit reichte mein Fernblick nicht, meine Augen sahen nur die üblichen Fußgängerzonenszenen. Das war nichts Neues, deshalb räusperte ich mich dezent, um ihnen anzudeuten, dass ich auch noch da war.

Sie hörten mich nicht. Jan schaute geradeaus, Isabel leckte Eis.

Ich wartete geschlagene fünf Minuten, dann hatte

ich genügend Langeweile für einen Tag. »Ich geh mal … Will noch zu *Gabriele* und schauen, was sie an neuen Trikots hereinbekommen hat. Tschüss zusammen!«

Die beiden nickten wortlos.

Liebe ist doch wirklich ’ne komische Sache, dachte ich. Wie sie die Leute verändert, also das ist ja kaum zu glauben! Von einer Sekunde auf die andere war aus meiner munter schwatzenden Freundin ein rotgesichtiger Stummfisch geworden! Ich hatte ja schon so manches davon gehört und gelesen, was die Liebe mit den Menschen anrichtet, aber dass die Veränderungen dermaßen drastisch sein können, hatte ich dann doch nicht gedacht.

Drei Stufen tiefer drehte ich mich um – und sah, wie Jan seine Patschhand ganz sachte auf Isabels Händchen legte. Also wirklich!

»Muss Liebe schön sein!«, rief ich den beiden zu.

»Aber hallo!«, sagte ein Mann neben mir. »Wart nur, bis es dich auch mal erwischt!« Er drückte seine Freundin an sich und küsste sie temperamentvoll.

Ich sprang noch ein paar Stufen weiter runter und rief hinauf: »Mich erwischt es nicht mehr! Mich hat’s nämlich schon erwischt! Bin längst vergeben – ans Ballett, an den Tanz!«

»So?« Die Freundin des Mannes lachte auf mich herab. »Kann man den auch knuddeln? Mit dir möchte ich nicht tauschen. Wetten, dass du deine Meinung noch ändern wirst?«

»Im Leben nicht!« Ich lachte laut auf und nahm

die letzten Stufen. So ein Quatsch, die beiden hatten ja keine Ahnung, was mir wichtig ist. Ich will tanzen – für so was wie Liebe habe ich keine Zeit.

Ich rannte über den Schlossplatz zur Unterführung am Akademiegarten, sprang die Treppe zur Charlottenstraße hoch und stand wenige Augenblicke danach vor *Gabriele,* besagtem Geschäft, das Trikots, Ballettschuhe, Tutus – das sind die Tüllröckchen –, Leggings, Stulpen und alle Arten von Kostümen führt.

Schwungvoll riss ich die Tür auf – und stieß mit einem Mädchen zusammen, das direkt am Eingang stand.

»'tschuldigung!«

Ich erwartete eine Antwort wie »Ach, das macht doch nichts« oder »Keine Ursache, ich bin nicht zerbrechlich«. Aber nichts da, das Mädchen lächelte höflich, hob die Schultern und wandte sich ab.

»Blöde Tussi.« Ich wollte schon zum Ständer mit den Trikots gehen, als mir auffiel, dass sich das Mädchen wie eine Tänzerin bewegte. Dafür habe ich einen Blick: Sie stellte die Füße beim Gehen nach außen, sie hob die Arme locker und fließend und hielt den Kopf leicht geneigt. Außerdem sah ich, dass sie langes schwarzes Haar hatte, ein herzförmiges Gesicht, einen honigfarbenen Teint, gerade Brauen und einen Mund, den sie mit einem Lippenstift in klarem, leuchtendem Rot nachgezeichnet hatte.

Das Mädchen kam eindeutig aus Fernost und ebenso eindeutig war sie eine Tänzerin. Sie musste ungefähr so alt sein wie ich und wühlte jetzt in einem Korb mit Hemdchen im Sonderangebot.

Ich gab mir einen Ruck. Was machst du in Stuttgart?, wollte ich sie fragen, und als ich zu ihr hinüberging, sah ich uns beide einen Lidschlag lang im Spiegel. Wir waren gleich groß und gleich feingliedrig – aber damit endeten die Gemeinsamkeiten auch schon. Ich habe nämlich wellige dunkelblonde Haare, meine Haut ist rosig, meine Augen sind grünbraun und mein Mund ist ein bisschen groß geraten. Im Ganzen gesehen bin ich nicht hässlich, aber eine hinreißende Schönheit bin ich auch nicht. Na ja, man kann nicht alles haben. »Hey, kann ich dir helfen? Bist du neu in der Stadt?«, fragte ich.

Das Mädchen lächelte kurz. »Oh, nein danke, ich benötige keine Hilfe.« Dann spazierte sie aus dem Geschäft.

Das ist ja vielleicht 'ne blöde Ziege, dachte ich kopfschüttelnd und begutachtete endlich die Trikots. Eigentlich brauchte ich gar keines, jede Ballettklasse einigt sich nämlich auf ein bestimmtes Modell. Dieses wird dann, genau wie die Schuhe, von der Schule zu einem günstigen Preis gekauft. Das Ätzende daran ist nur, dass unsere Lehrer auf klassische Formen und langweilige Farben bestehen, was im Allgemeinen auf unschuldiges Weiß und süßes Rosa hinausläuft. Uggg, würg!

Aber das hier war der Hit. Schwarz, großer U-Boot-Ausschnitt vorn, und hinten einer bis zum Po. Dazu lange Ärmel – klasse!

Ich packte das gute Stück und verschwand in

einer Kabine. Das Trikot passte wie für mich gemacht, das konnte ich wirklich keiner anderen überlassen! Ich bezahlte das sündhaft teure Teil und machte mich auf den Heimweg.

Am Eugensplatz stieg Isabel gerade aus der Straßenbahn. »Wo ist denn dein Lover abgeblieben?«, fragte ich sofort. »Hat er sich totgeschwiegen?«

»Mensch, Bille, was bist du fies!«, beschwerte sich Isabel hitzig. »Jan ist nicht mein Lover. Er ist mein Freund!«

»Und? Kommt doch aufs Gleiche raus. Also, wo ist er?«

Isabel zögerte. »Er holt mich später ab«, platzte sie schließlich heraus. »Wir gehen ins Kino. Oder sonst wohin. Mal sehen.« Sie strahlte. »Bille, er ist ja so toll! Er ist einfach süß – einmalig ist er!«

»Klar. Wäre ja mistig, wenn er's nicht wäre.« Ich schlenkerte meine Tüte. »Willst du sehen, was ich gekauft habe? Da!«

Isabel rümpfte die Nase. »Bisschen langweilig, finde ich. Warum hast du dir so was Tristes ausgesucht? Pink würde mir besser gefallen. Oder etwas Hautfarbenes. Das wäre toll. Aber so was ödes Schwarzes ...«

»Pink? Bist du wahnsinnig? Pink ist kitschig. Schwarz hat Klasse. Davon verstehst du nichts.«

»Will ich auch nicht.« Isabel schaute mich trotzig an. »Ich kapier sowieso nicht, warum du immer nur Tanz und Ballett und den ganzen Kram im Kopf hast. Mensch, Bille, wir sind dreizehn Jahre alt! Das Leben lockt! Willst du dich denn gar nicht ...«

»Ha!« Ich legte den Kopf schief. »Verlieben? Möchtest du wissen, warum ich mich nicht verlieben will? Es wäre mir lästig. Reine Zeitverschwendung wäre das.«

»Du spinnst! Es gibt nichts Schöneres«, protestierte Isabel wütend und wurde wieder rot. »Wenn du wüsstest, wie schön das ist!«

»Für mich gibt's nur Ballett!«, versicherte ich. »Hab dir das heute schon mal gesagt, stimmt's? Warum bist du nur dermaßen wild darauf, dass ich mich verliebe?«

»Weil's so schön ist. Und weil du meine älteste und beste Freundin bist und weil ich möchte, dass du etwas genauso Schönes erlebst wie ich.«

»Puh! Kein Bedarf, Isabel, ehrlich. Glaub das doch endlich.«

Gegen Abend:

Unverändert sonnig

Meine Mutter stand in der Küche und machte Abendessen. Das ist unsere Hauptmahlzeit, mittags essen wir nur Salat oder Sandwiches. Außerdem hat meine Mutter einen streng geregelten Tagesablauf. Sie malt und bildhauert nämlich. Im Untergeschoss hat sie ein Atelier mit großen Fenstern und taucht erst am Nachmittag wieder aus der Versenkung auf.

»Hi!« Ich schnappte mir eine Tomate, biss hinein und setzte mich auf einen Hocker. »Ma, ich hab was Tolles bei *Gabriele* gefunden. Ich zeig es dir, ja?«

Ich stopfte mir die Tomate in den Mund, rannte in mein Zimmer und kleidete mich in Windeseile um. Sogar die Ballettschuhe zog ich an, dann tanzte ich in die Küche. »Na, was sagst du dazu? Gefalle ich dir?«

Meine Ma rührte gerade die Soße um. »Todschick«, fand sie, »richtig erwachsen siehst du darin aus, Bille. – Hier, schäl doch mal die Gurke, ja?«

»Klar. Mache ich.« Ich war sehr zufrieden. Meine Mutter hat einen sicheren Geschmack und ehrlich ist sie auch. Wenn sie »todschick« sagt, dann meint sie es auch. »Ma, bei *Gabriele* habe ich ein Mädchen gesehen. Sie sah supergut aus, ziemlich asiatisch, aber nicht ganz, wenn du verstehst, was ich meine.«

Meine Mutter nickte. »Klar. Die Eltern kommen aus verschiedenen Ländern: Vater beispielsweise Chinese, Mutter Europäerin – oder umgekehrt.«

»Ja. Das Komische war, dass sie nicht mit mir reden wollte. Schade. Ich bin nämlich sicher, dass sie tanzt.« Ich wickelte einen langen Gurkenhautstreifen um den Zeigefinger.

»Hast du daran gedacht, dass sie vielleicht nicht so gut Deutsch spricht?«, fragte meine Mutter.

»Ich habe sie gefragt, ob sie Hilfe braucht. An ihrer Antwort habe ich gemerkt, dass sie sehr wohl gut Deutsch spricht. – Ma, Isabel ist verliebt. Jan heißt ihr Lover.« Ich kicherte. »Isabel ist unmöglich. Sie will unbedingt, dass ich mich auch verliebe.«

»In Jan?« Meine Mutter machte große Augen.

»Quatsch. Jan ist doch ihr Freund. Nein, sie sagt, verliebt sein ist schön, was Schöneres gibt es nicht. Was sagst du denn dazu?«

»Tja«, meine Mutter ließ das Messer sinken. »So etwas nennt man eine elementare Frage. Zwischen Wasserhahn und Pfannenstiel will ich die nicht beantworten.« Sie legte die Schnitzel in die Pfanne. Das Fett war heiß und zischte.

»Ich pfeif auf elementare Fragen!«, rief ich. »Es ist doch ganz einfach: Zweimal Liebe auf einmal geht nicht. Entweder liebt man Menschen oder – so wie ich – das Ballett. Ich habe mich längst fürs Ballett –«

»Wann gibt's Essen?« Mein Vater kam in die Küche. »Hm, das riecht ja lecker. Ich habe einen Riesenhunger. Könntet ihr eure Diskussion bitte auf später verschieben?«

»… fürs Ballett entschieden«, beendete ich meinen Satz. »Das ist nicht nötig, Pa, wir diskutieren gar nicht. Ich habe Ma nur mal kurz eine elementare Frage beantwortet.«

»Gut so. Dann kannst du ja jetzt den Tisch decken. Wo steckt eigentlich Joschy?«

»Bin schon da!«, rief mein jüngerer Bruder und rollte auf seinem Skateboard in die Küche. »Können wir essen?«

»Hast du dir die Hände gewaschen? Das Brett gehört nicht in die Küche. Wenn da jemand …«

»Ist ja gut, Ma. Was gibt's denn? Oh, supergut, Schnitzel! Mit Pommes?«, fragte er hoffnungsvoll.

»Ohne Pommes. Pommes machen fett«, sagte ich.

»Ich find's total uncool, wenn man immer aufs Fett achten muss und nicht essen darf, was man will. Ätzend ist das. Ich mag Pommes, aber gibt's die bei uns? Nein. Und warum nicht? Weil meine Schwester Tänzerin werden möchte und kein Fett essen soll. Echt abartig ist das, muss ich sagen. Bille, warum kannst du nicht Fußball spielen?«

»Ich soll Fußball spielen, damit du Pommes essen kannst?« Ich mochte meinen Bruder sehr und zauste ihm die Haare. »Von meinem nächsten Taschengeld kaufe ich dir eine Megapackung Pommes, damit du nicht verhungerst.«

»Ehrlich?«

»Ehrenwort.«

Als ich später im Bett lag, dachte ich über Pommes pur contra Pommes mit Schnitzel nach. Klar, ich liebe Pommes auch, aber ich achte auf mein Gewicht, denn jedes Gramm mehr macht sich beim Tanz bemerkbar. Die Balance zu halten ist gar nicht so leicht. Manche von meinen Ballettkolleginnen bewegen sich haarscharf an der Grenze zur Magersucht, andere neigen dazu, etwas zu rundlich zu werden. *Das* sind Probleme. Dagegen ist die Gefahr, sich zu verlieben, ein Klacks, ein Nichts, ein komplettes Unding. Liebe – pah, das ist nur was für die ganz gewöhnlichen Mädchen wie Isabel und die anderen aus meiner Klasse. Ich vermisse nichts, schon gar keinen Jungen wie Jan, dachte ich noch, dann schlief ich ein.

Sonntag:

Der Tag beginnt freundlich, doch ...

Am Sonntag wachte ich gegen sieben Uhr auf und sprang sofort aus dem Bett. Meine Family schlief noch, aber ich zog ein altes, ausgeleiertes Trikot an, grässliche Stulpen, die schon so oft gewaschen wurden, dass sie nur noch blassgrün waren, und alte Schläppchen. In Spitzenschuhen tanzen wir nicht oft, in meinem Alter sind die Füße nämlich noch nicht sehr belastbar.

Ich kämmte das Haar, schlang es zusammen und steckte es im Nacken zu einem Knoten fest. Das machen alle Balletttänzerinnen. Offene Haare stören, nehmen die Sicht und fliegen dem Partner ins Gesicht, was nicht nur unangenehm, sondern auch gefährlich sein kann. Nach dem Zähneputzen wusch ich noch rasch das neue schwarze Trikot und hängte es zum Trocknen auf einen Bügel, dann packte ich – Unangenehmes wird zuerst erledigt – die Schultasche für morgen und ging ins Untergeschoss. Neben dem Atelier meiner Mutter habe ich nämlich einen kleinen Übungsraum, komplett mit Stange, Spiegeln und einer Bodenmatte. Die Wände habe ich mit Bildern berühmter Tänzer und Tänzerinnen geschmückt und alle abgelegten, durchgetanzten Schläppchen und Ballettschuhe hängen an verschiedenen Haken. Ich stellte die Musik an – nicht so laut, damit die anderen nicht geweckt wurden – und begann mit meinen Aufwärmübungen. Das sind immer dieselben: Ich setzte mich auf den Fußboden, steckte die Füße unter den Spalt zwischen Schrank und Boden, hakte sie ein, legte mich hin, setzte mich auf, legte mich hin ... Und so ging es weiter mit Bauchmuskeltraining, Arm- und Beinübungen und all dem üblichen Kram.

Irgendwann hörte ich, dass es klingelte, dass Joschy die Treppe herunterpolterte, und dann ging die Tür auf. Es war Isabel.

»Bille? Mensch, Bille, bei dem herrlichen Wetter musst du einfach raus. Komm doch mit ins Schwimmbad, ja?«

»Keine Zeit.«

»Bille, sei nicht blöd. Heute ist unser letzter Ferientag, du bist meine beste Freundin, komm doch mit! Mir zuliebe!«

»Ich will aber nicht. Das Schwimmbad ödet mich an.«

Isabel versuchte alles, um mich zu überreden. Ich blieb hart.

Enttäuscht zog sie ab und ich stellte die Musik lauter. Nein, das war kein Opfer gewesen, ich tanze lieber, als dass ich schwimme. Und weil ich morgen topfit sein wollte, dehnte ich das Training eben aus.

Später duschte ich, wusch mir die Haare, zog gelbe Shorts und ein gelb-weiß gestreiftes Hemdchen mit Spaghettiträgern an, schlüpfte in giftgrüne

Flipflops, setzte mich mit einer Tasse Tee in die Sonne und leistete meiner Großmutter Gesellschaft.

»Großmutter« klingt furchtbar alt. Klar, meine Großmutter ist auch nicht mehr die Jüngste, aber sie ist so fit und temperamentvoll, dass man sie unmöglich »Großmutter« oder »Oma« nennen kann. Sie heißt Eleonore und ist überhaupt nicht omahaft, weshalb wir sie nur O-Lore nennen: O ist die Abkürzung von Oma, Lore die von Eleonore.

O-Lore also spielt mit Freundinnen Bridge, geht zu jedem Vortrag und zu jeder Autorenlesung ins Literaturhaus, besucht regelmäßig die Oper, ist Mitglied einer Wandergruppe und hat einen festen Freund, mit dem sie einmal in der Woche in einen Tanzclub geht. Dann kommt sie fröhlich zurück, singt Schlager aus den goldenen Sechzigern oder Siebzigern, legt ihre total verkratzten Platten der Beatles und der Rolling Stones auf – sie besitzt sie alle! –, und wenn sie besonders gut drauf ist, hat sie sich einen neuen Lippenstift zugelegt und fragt mich, wie mir die Farbe gefällt. Mit Frauen in ihrem Alter, die Enkel hüten und über ihre Schwiegertöchter herziehen, kann sie nichts anfangen. Joschy und ich haben sie sehr gern.

»Morgen, Bille«, begrüßte sie mich und legte die Sonntagszeitung auf den kleinen Tisch neben ihrem Liegestuhl. »Sachen gibt's, die hält man nicht für möglich! Gestern Abend wurde die Polizei gerufen, weil die Fenster einer Wohnung sperrangelweit offen standen, der Fernseher auf höchste Lautstärke gestellt war und sich die Anwohner wegen

Ruhestörung beschwerten. Wie gesagt, das Fenster stand auf, ein Hund bellte heraus – jämmerlich und wie von Sinnen, Klopfen und Klingeln bewirkten nichts, die Tür wurde nicht geöffnet, und die Polizisten befürchteten schon das Schlimmste.« Sie machte eine dramatische Pause.

Ich fragte: »Und? Was dachten die Polizisten?«

»Keine Ahnung, was genau sie dachten. Jedenfalls brachen sie das Schloss auf.«

»Aha. Und eine Leiche kullerte ihnen entgegen.«

»Denkste! Der Hund sprang ihnen vor Dankbarkeit fast an die Kehle!«

»Komm schon! O-Lore, sag, was los war!«

»Das Herrchen war ausgegangen, der Hund war mit einer Pfote auf die Fernbedienung vom Fernseher getreten und hatte die volle Lautstärke eingeschaltet. Dann hatte er es mit der Angst zu tun bekommen oder der Lärm war ihm so auf die Nerven gegangen, was weiß ich, dass er aus dem Fenster bellte. Wie anders hätte er auch um Hilfe rufen können, der arme Köter?«

Wie gesagt, unsere Oma O-Lore ist voll in Ordnung. Das Einzige, was Joschy und mich manchmal ärgert, sind ihre Ermahnungen.

Heute war so ein Tag. Da schönes Wetter war, aßen wir auf der Terrasse zu Mittag. O-Lore legt Wert darauf, dass es wenigstens sonntags was Richtiges gibt. Da ist sie altmodisch.

»Sitz gerade, schling nicht so, wisch dir den Mund an der Serviette ab«, ermahnte sie Joschy. »Wann fängt denn bei dir morgen die Schule an?«

»Spät!« Er schaufelte eine Riesenladung Kartoffelbrei in den Mund. »Wir sind die Neuen, weißt du.«

Meinem kleinen Bruder stand am Montag der erste Tag in seiner neuen Schule, der Neckar-Realschule, bevor. Er hatte es nicht so mit dem Lernen, viel lieber verbrachte er die Tage mit seinen Freunden im Waldheim, wo sie im Sommer mit einem begeisterten Förster im Ruhestand Tiere beobachteten, im Winter die Futterstellen auffüllten, im Frühjahr Nistkästen reinigten und dadurch Tausende von Ungezieferfamilien heimatlos machten und im Herbst unterernährte Igel vorm Hungertod retteten – und was sonst noch alles im Laufe des Jahres tiermäßig anfiel. Dass er, wie sein Vorbild, auch Förster werden wollte, stand für ihn seit seiner Kindergartenzeit fest. Wie er das schaffen wollte, kümmerte ihn jetzt noch wenig. »Schaun wir mal« war sein Motto und damit war er bisher wunderbar über die Runden gekommen.

»Ich und Berti haben eine zerrissene Taube gefunden«, berichtete er. »Muss ein Bussard oder so geschlagen haben. Aber der Bussard hat seine Beute nicht fressen können, weil er gestört wurde. Wird ihn tierisch geärgert haben, ich meine, wenn man schon Beute macht, dann will man auch was davon haben, oder?«

»Das ist bei Mensch und Tier so«, pflichtete ihm unser Vater bei.

»Sag ich doch. Und ein Eichhörnchen haben wir gesehen. Das war nicht rotbraun wie alle anderen.

Das war grau. Langweilig grau. Alex hat gesagt, das ist eine Mu... Mu... eine Mutitation. Das heißt Veränderung«, erklärte er stolz.

»›Mutation‹ heißt das Wort«, verbesserte ich ihn. »Das bedeutet ›Veränderung im Erbgut‹.«

»Eben. Horst sagt, das ist, wie wenn eine Kuh wirkliche lila Flecken im Fell hätte. Nur die Mutitation bei der Kuh ist noch nicht eingetreten. Das hat sich ein Künstler ausgedacht. Jemand wie du, Ma. Du malst ja auch Leute mit schiefen Köpfen und grünen Nasen. Übrigens: Was gibt's eigentlich zum Nachtisch?«

»Schokopudding mit Birnenkompott«, sagte Ma.

»Gut. Fast so gut wie Pommes, die es bei uns nicht gibt.«

»Ich habe mich angestrengt, weil du morgen in deine neue Schule darfst, Joschy.«

»Ich *darf*!« Er verzog das Gesicht. »Soll wohl ein Witzchen sein, was?«

»Bille, deine Serviette liegt am Boden«, stellte O-Lore fest.

»Das Ding rutscht immer wieder runter«, beschwerte ich mich.

»Sitz drauf«, sagte Joschy. »Servietten sind nur lästig. Unnötig wie ein Kropf, sagt Horst. Wir im Waldheim benutzen nie –«

»Autsch!« Ich sprang vom Stuhl.

»Bille, wenn du immer störst, kann ich nichts von der Wildsau erzählen, die heute Nacht –«

»Sorry, Kleiner, aber mich hat gerade eine Wespe gestochen.«

Nachmittags:

Der Blitz schlägt ein

Alles, was nur im Entferntesten mit Tieren zu tun hat, interessiert Joschy brennend. »'ne Biene war's nicht. Die hätte ihren Stachel zurücklassen müssen. Ich sehe keinen Stachel, also war's wirklich eine Wespe. Tut's weh, Bille? Soll ich die Insektensalbe holen?«

»Salbe wäre gut …«

Wir sind keine zimperliche Familie. Wer so wie wir im Garten und, wie Joschy, im Wald lebt, kennt sich mit Zecken und Insekten aller Art aus. Über einen Wespenstich regt sich bei uns keiner auf, der gehört zum Sommer wie Maikäfer zum Mai.

»Ich denk mir das so«, meinte Joschy, als er mit der Salbe ankam. »Die Serviette ist auf den Boden gerutscht, die Wespe ist auf deinem Bein gelandet, du hast sie nicht gesehen und hast die Serviette über sie gelegt, da hat sie Angst bekommen und gedacht: Jetzt steche ich ein bisschen zu, dann merkt die Bille, dass hier jemand ist, der ins Freie will. So wird es gewesen sein, meinst du nicht auch?«

»Danke für die Salbe. Klar, so könnte es gewesen sein.« Ich schmierte das farblose Gel auf die Einstichstelle und dachte, so, das war's.

»Also, die Wildsau, von der ich euch berichten will ...«, nahm Joschy seinen Faden wieder auf.

Leider kriegte ich von der spannenden Geschichte nichts mit, denn mein Oberschenkel brannte, er fühlte sich heiß und immer heißer an und schließlich sagte ich: »Ich glaube, das war 'ne Wespe mit einer Mutation. Der Stich ist nicht so wie sonst.«

In den wenigen Minuten war mein Oberschenkel auf den doppelten Umfang angeschwollen und die Haut war glänzend rot.

O-Lore sagte sofort: »Da hilft ein kalter Umschlag«, aber meine Mutter schüttelte den Kopf.

Mein Vater, der als Einziger in der Familie ein ruhiger Mensch ist, stand auf. »Das sieht aus, als hätte die Wespe mit ihrem harmlosen auch eine Portion Pflanzengift in Billes Bein gespritzt. Ich rufe lieber mal Andreas an.«

Andreas, sein bester Freund, ist Arzt, Ratgeber in allen Lebenslagen und immer – per Geheimnummer – zu erreichen. Das Telefon am Ohr kam mein Vater auf die Terrasse und rief mir zu: »Ist dir schwummerig im Kopf, Bille? Hast du Herzklopfen, Gänsehaut – irgendwas in der Art? Nein? Gut. Nein, sie ist nicht allergisch, nein, nur geschwollen, aber heftig, kann ich dir sagen ... Ob's juckt? Ja, es juckt sehr ... Gut, machen wir ... Ja, das halte ich auch für das Vernünftigste ... Ja, besonders am Sonntag ... Danke ... Ja, tschüss ... Klar, ich ruf dich heute Abend an.« Er legte auf. »Also, Bille, es ist so, wie ich es vermutet habe. Die Wespe hatte was an ihrem Stachel, vielleicht ein Pflanzenschutzmittel oder so was Ähnliches. Jedenfalls rät Andreas, ins Krankenhaus zu gehen. Du bekommst eine Spritze, dann ist der Fall erledigt.«

»Gut.« Weil ich am ersten Trainingstag im neuen Schuljahr nicht mit einem unförmig geschwollenen Bein meinen Ballettfreundinnen zuschauen wollte, stand ich sofort auf.

Meine Mutter füllte noch einen Plastikbeutel mit Eiswürfeln gegen die Schwellung, dann düsten wir beide ins Krankenhaus.

Die Ambulanz war gerammelt voll. Den meisten Leuten sah man nicht an, was ihnen fehlte. Aber ein älterer Mann war von der Leiter gefallen und hatte eine Beule am Kopf, eine Frau hatte schlimmes Nasenbluten und ein Kind hatte die Knie und sein Rad an einer Mauer geschrottet. Dann saßen da noch zwei Jungs. Sie waren ungefähr in meinem Alter. Einer hielt sein dick geschwollenes Handgelenk, dem anderen schien nichts zu fehlen, er begleitete wohl seinen Freund.

Wir warteten ziemlich lange, aber schließlich kamen wir doch an die Reihe, wurden in einen Behandlungsraum gerufen, wo ich die Spritze bekam und mich auf eine weiß bezogene Liege legen musste, um die Reaktion abzuwarten.

Na ja, mir ging's gut, deshalb konnte ich bald aufstehen. Meine Ma unterhielt sich noch kurz mit dem Arzt, ich ging schon mal auf den Flur.

Der eine der beiden Jungs lehnte an der Wand. »Fertig?«, fragte er mich.

»Ja.«

»Und? Alles in Ordnung?«

Ich nickte und stellte fest, dass der Junge dunkelbraune Haare hatte, dass seine Augen dunkelblau waren, dass er eine Menge Sommersprossen auf der Nase und einen winzigen Leberfleck auf der rechten Backe, ganz nah am Ohr, hatte. »Wartest du auf deinen Freund?«

Der Junge schüttelte den Kopf. »Das ist nicht mein Freund. Er stürzte mit dem Skateboard, ich kam zufällig vorbei und brachte ihn ins Krankenhaus. Sein Handgelenk scheint gebrochen zu sein.«

»Verstehst du was davon?«, wollte ich wissen.

»Nö. Aber ich hab hier vor Kurzem einen Schnuppertag verbracht – hat meine Schule organisiert, als Vorbereitung zum berufsorientierten Praktikum – und hab so was schon mal gesehen.«

»Ach so. Hat's dir Spaß gemacht?«

»Klar. Vielleicht werde ich mal Arzt. Was fehlt dir denn?«

Ich lachte und deutete auf mein Bein. »Übst du schon mal das Patientengespräch? Mich hat eine Wespe gestochen, aber jetzt ist alles wieder o. k.« Ich machte einen Schritt, weil ich meine Mutter kommen sah, stolperte …

»Aber hallo!«, rief der Junge erstaunt und hielt mich fest, obwohl das absolut unnötig war. Dabei sahen wir uns zufällig in die Augen. Mit meinen dreizehn Jahren habe ich schon vielen Leuten in die Augen geschaut, aber das war ein ganz komischer »Augen-Blick«.

Schlagartig begann mein Herz nämlich zu rasen, was dazu führte, dass meine Beine zitterten und meine Hände feucht wurden. Das musste an dem Wespenstich und/oder der Spritze liegen. Klar, woran auch sonst?

Der Junge zog die Augenbrauen überrascht zusammen – dann ließ er mich los. Wir sahen uns noch immer an … bis meine Mutter sich räusperte. »Ist was?«

»Nein«, stammelte ich. »N-n-nein, doch, es ist alles in Ordnung.« Aber das stimmte nicht, das stimmte überhaupt nicht. Etwas war anders als vorher! Ich war komplett verwirrt, ich biss mir auf die Lippen, ich wischte die Hände an der Hose ab, ich hätte lachen und heulen können, ich war hellwach und doch wie benommen … Ich hatte keine Ahnung, was mit mir geschehen war. Die Spritze war schuld. Oder der Giftstachel in Kombination mit der Spritze, was weiß ich. Jedenfalls hatte ich mich noch nie so gefühlt wie jetzt, wie in diesem Augenblick: bescheuert, voll bescheuert – und herrlich, total gut!

Der Junge räusperte sich. »Mischa. Ich heiße Mischa.«

»Ich heiße Bille«, flüsterte ich.

»Komm, Bille, wir müssen nach Hause«, sagte meine Ma.

Hey, ich kann nicht nach Hause, ich hab da so 'ne abartige Reaktion!, wollte ich rufen – trotzdem gab ich Mischa die Pfote und latschte wie eine Schlafwandlerin hinter meiner Mutter her zum Auto.

Ich schnallte mich an, stieg zu Hause aus, ging wortlos in mein Zimmer, legte mich aufs Bett, verschränkte die Arme hinterm Kopf und schloss die Augen.

Meine Mutter flüsterte was von »Reaktion auf die Spritze«, mein Vater vermutete »Aufregung«, O-Lore sagte: »Quatsch. Es ist was anderes. Aber was?«, mein Bruder Joschy legte mir ein ausgerupftes Gänseblümchen auf das Wespenstichbein – und ich überlegte, wie dieser Junge, der Mischa hieß, ausgesehen hatte. Warum war mir das eigentlich wichtig? Was interessierte mich sein Aussehen? Voll uncool, darüber nachzudenken!

Trotzdem: Ich konnte gar nicht anders. Wenn ich an ihn dachte, klopfte mein Herz sofort wie wild; voll komisch war das, richtig beängstigend sogar.

Ich wälzte mich auf meinem Bett von einer Seite auf die andere.

Draußen wurde es langsam dämmrig – ich merkte es nicht.

Meine Mutter stellte mir ein Glas Saft ans Bett – ich sagte nichts dazu.

Abends:

Eiskalt erwischt!

Die Klingel hörte ich überhaupt nicht, und als jemand leise an meine Tür klopfte, dachte ich nur: Aha, es ist Isabel.

Es war nicht Isabel.

»Ich hab die Krankenschwester am Empfang so lange bequatscht, bis sie mir deine Adresse verraten hat. Bin gerade auf dem Heimweg, da dachte ich … ich … ich will nur wissen, wie es dir geht, Bille …«

Himmel, wie ich mich schämte! Voll gemein von Ma, Mischa einfach in mein Zimmer zu lassen, wo ich auf dem Bett lag und aussehen musste wie eine Vogelscheuche, nachdem der Blitz in sie eingeschlagen hat.

Klar, ich sprang vom Bett – und das war's.

Wir standen uns gegenüber und ließen die Zeit verstreichen. Einfach so, ohne was zu sagen.

Dann krachte irgendwo im Haus eine Tür ins Schloss, Mischa ließ den Blick durchs Zimmer wandern und deutete schließlich mit dem Kinn auf ein Poster. »Bist du ein Fan vom Stuttgarter Ballett?«

Ich schüttelte den Kopf. »Ich tanze. John Cranko-Schule.«

Mischa pfiff durch die Zähne. »Deine Beine sind

mir sofort aufgefallen. Total durchtrainiert sind die. Ich wollte schon was sagen, dann hab ich's wieder vergessen. Muss was dazwischengekommen sein.«

Normalerweise hätte ich gesagt: Klar, meine ungewöhnliche Kombination von X- und O-Beinen kann man nicht übersehen. Oder: Von manchen Leuten kann man eben nicht mehr erwarten. Die haben Gehirnwindungen, die sind immer so verstopft wie die Autobahnen am Freitagabend. Pech für dich, dass du dazugehörst.

Irgendeinen blöden Spruch hätte ich normalerweise losgelassen. Jetzt sagte ich nichts. Ich war stumm wie Isabel, als Jan – Himmel aber auch! Mir dämmerte was Furchtbares! Etwas Entsetzliches, etwas, was ich überhaupt nicht wollte!!! Ich schnappte nach Luft. Bille, sagte ich mir, das gibt es nicht. Du täuschst dich. Beruhige dich. Alles ist o. k. Du bist nicht verliebt, bestimmt nicht, nein!

In diesem Augenblick legte Mischa seine Arme um meine Schultern und zog mich sachte näher ... und näher ... und ...

»Ma sagt, du hast Besuch, Bille!«, rief Joschy. »Hey, was macht ihr denn da? Bille, was will der Typ von dir?«

Ich liebe meinen kleinen Bruder. Ich liebe ihn wirklich und wahrhaftig, aber in diesem Augenblick hätte ich ihn am liebsten kaltblütig aus dem Zimmer geworfen. Er war total lieb, er hatte das Gänseblümchen ausgerupft, um mir eine Freude zu machen. Aber warum musste er ausgerechnet in dieser Sekunde hereinplatzen?

»Das ist Mischa –« O Gott, das war nicht meine Stimme!

Joschy musterte mich besorgt. »He, Bille, bist du immer noch krank? Deine Stimme kratzt so komisch.«

»Quatsch.« Jetzt ging es schon besser. »Mischa will wissen, wie es mir geht.«

»Und sonst will er nichts?«, fragte Joschy misstrauisch, beäugte Mischas Großraumhosen, das lange Shirt, die kurz geschnittenen Haare.

»Klar will ich sonst noch was«, entgegnete Mischa cool. »Ich will wissen, wann ich deine Schwester morgen treffen kann.«

»Wegen dem Wespenstich im Bein?«

»Nö. Das Bein ist in Ordnung, Kleiner.«

Joschy hasst es, wenn man »Kleiner« zu ihm sagt. »Die will dich nicht treffen«, erwiderte er. »Stimmt's, Bille? Du hast morgen keine Zeit. Und übermorgen auch nicht. Und später schon gar nicht.«

Joschy hatte recht. Zeit hatte ich keine: Schule am Vormittag, Training am Nachmittag. Tag verplant. Keine Zeit. Basta. Ich wusste das alles. Trotzdem hörte ich, wie meine Stimme, die Stimme, die nur mir gehören konnte, sagte: »Klar treffen wir uns. Um fünf vor der Schule? Urbanstraße 94.«

»Supergenial! Ich warte auf dich, Bille. Bis dann – tschüss!«

»He, du kannst hier raus. Durch den Garten. Aber Mann, warte mal ...« Joschy pflanzte sich vor Mischa auf. »Was genau willst du von meiner Schwester?«

»Joschy!«, rief ich entsetzt. »Das geht dich nichts an!«

»Stimmt«, bestätigte Mischa. »Bis morgen, Bille.«

»Ich weiß wirklich nicht, ob meine Schwester morgen Zeit hat«, rief Joschy ihm nach und drehte sich um. »Bille, gefällt dir der Typ? Ich finde ihn doof. Megablöd.«

»Du spinnst, Joschy.« Ich nahm meinen Bruder in den Arm und tanzte mit ihm durchs Zimmer. Das hatte ich noch nie gemacht. Er boxte sich frei, tippte sich mit dem Zeigefinger gegen die Stirn und sagte: »Dich hat's erwischt, Bille, eiskalt erwischt. Jetzt bist du wirklich komplett verrückt geworden!«

Montag früh:

Bestes Wetter kündigt sich an

Am Morgen wachte ich auf, wie ich noch nie aufgewacht war. Zahnpastatube leer? Kein Problem, hole ich eben eine frische. Nagel abgebrochen? Na und? Kleiner Schönheitsfehler macht interessant. Haut im Kakaobecher? Warum ärgern? Die Milch kann nicht anders. Honig tropft vom Butterbrot? Wer regt sich schon über so was auf? Ist doch lustig!

Erst als Joschy klagte: »Mann, echt blöd, dass Berti ins Gymnasium geht. Eine neue Klasse ohne alten Freund ist wie eine Waffel ohne Eiscreme«, wurde mir bewusst, dass vor dem Treffen um fünf Uhr am Nachmittag mindestens fünf Stunden Schule, eine Stunde Mittagspause und drei Stunden Training lagen. Ich verzog das Gesicht, sprang aber wie elektrisiert auf, als es klingelte. Mischa!, dachte ich. Ob das Mischa ist? Vielleicht hält er es nicht aus bis fünf, vielleicht kommt er vor der Schule vorbei, um mir einen guten Morgen zu wünschen? Ich würde das tun, wenn ich wüsste, wo er wohnt!

Aber volle Pleite, es war Isabel, die geklingelt hatte. Ich schnappte mir meinen Rucksack, ein letzter Blick in den Spiegel, Daumen hoch für Joschy und seinen ersten Tag in der neuen Schule, Küsschen für Ma und Pa – O-Lore liegt um diese Zeit noch im Bett, außerdem hat sie eine eigene Wohnung im Haus –, dann war ich draußen und wollte gerade zu Isabel sagen, wie …

»Hey!« Mir fielen fast die Augen aus dem Kopf. »Wow, du hast dich aber herausgeputzt. Ist was?«

»Nö. Was soll schon sein?«

»Sag schon, wegen der Leute in unserer Klasse hast du dich doch nicht so fein gemacht. Wann bist du denn aufgestanden? Die Frisur muss dich mindestens eine Stunde Schlaf gekostet haben!«

»Gefällt sie dir? Ich habe die Haare gestern Abend gewaschen, dünne Zöpfchen geflochten und sie über Nacht trocknen lassen. Heute Morgen habe ich alle aufgedröselt. Ich sag dir, das war voll die fiese Arbeit.«

»Aber wozu machst du dir die ganze Mühe?« Ehrlich, ich verstand Isabel nicht. Erst als sie so komisch lächelte, begriff ich. »Jan!«

Isabel nickte nur.

»Himmel aber auch!« Jetzt besah ich mir Isabel genauer. »Irgendwie unordentlich sieht das Ganze aus, bieder und wie … na, wie Putzwolle.«

»Du bist gemein, Bille!«, jaulte Isabel auf.

»Hast du einen Haargummi?« Ich flocht Isabels rotblonde Mähne zu einem dicken Zopf und sicherte ihn mit dem Gummi. »So, jetzt siehst du klasse aus.«

Am Eugensplatz überquerten wir die Alexanderstraße und sprangen dann die Staffel hinunter. Als wir eine Lücke im Verkehr abwarteten, hielt mir

Isabel das Handgelenk hin. »Das habe ich dir noch gar nicht gezeigt.«

»Igitt! Was für ein abartiges Ding! Und die Schnur – pink! Wenn ich diese Farbe sehe, wird mir schlecht.«

»Warum bist du nur so mies drauf, Bille? Das ist ein Freundschaftsband, und das abartige Ding ist ein Kussmund, du Esel.«

»Peinlich, peinlich ... Hast du dir das selbst gekauft?«

»Quatsch. So was kauft man sich nicht selbst.«

»Ist es etwa von Jan? Der leidet an akuter Geschmacksverirrung, Isabel«, sagte ich herzlos.

»Was stört dich denn an dem Band? Ich meine, wie es aussieht, ist die eine Sache. Die andere ist doch das, was Jan damit sagen will. Das ist es, was zählt! Und überhaupt: Mir gefällt es!«

»O. k., o. k.« Ich verstand mich selbst nicht mehr. Noch nie hatte ich meine Freundin so gemein kritisiert. Und wenn ich ehrlich war: Die Mähne hatte ihr supergut gestanden. Richtig verwegen hatte sie ausgesehen, und dass sie nicht so dünn wie eine Bohnenstange war, hatte besonders gut dazu gepasst.

Das Freundschaftsarmband mit dem kleinen Kussmund war echt süß ... Plötzlich schämte ich mich in Grund und Boden. Eifersüchtig war ich! Nicht auf Jan, aber darauf, dass es zwischen Isabel und ihm so gut lief.

Na und? Warum ärgerte mich das? Ich hatte mein Ballett, das war die Hauptsache für mich, klar. Und ein Freundschaftsarmband konnte ich mir locker selbst kaufen. Kussmund – wie ätzend! Aber wenn Mischa mir eines schenken würde, dann! He, ermahnte ich mich. So weit wird's noch kommen!

Ich legte meiner Freundin den Arm um die Schultern. »Sorry. Hab's echt nicht so gemeint. Tut mir leid.«

Isabel war nicht nachtragend. »Ich weiß schon: Schule, Ballett – alles zusammen ist ein einziger Stress. Das sagt meine Mutter, und vielleicht hat sie ja recht.«

»Wieso? Wie meint sie das?«

»Na, mir reicht schon die Schule allein, aber bei dir fängt der Tag nachmittags ja erst an.«

»Stimmt. Ich könnte locker ohne Schule leben.« Wir bogen jetzt rechts ab zum Schlossgarten, passierten das Opern- und Schauspielhaus am Eckensee, bogen wieder rechts ab in den schmalen Durchgang und standen wenige Schritte später im Schulhof unseres Gymnasiums, dem Katharinenstift.

Da ging es schon voll ab. Wir schoben uns an den anderen vorbei, um »unsere« Ecke zu erreichen, als ich das asiatisch aussehende Mädchen aus dem Ballettladen entdeckte.

»Schau mal!« Ich zupfte Isabel am Ärmel. »Die habe ich am Samstag bei *Gabriele* gesehen. Sie geht bestimmt ins Ballett.«

»Frag sie doch«, erwiderte Isabel.

»Geht nicht. Sie ist komisch.«

»Wie meinst du das?« Isabel wartete die Antwort

nicht ab. Sie drängelte sich durch die Sechstklässler hindurch und begrüßte unsere Klassenkameraden mit lautem Hallo.

Die Schulglocke schrillte.

Niemand hatte es eilig, alle trödelten so langsam wie möglich durchs Portal. Ich beobachtete, wie Angelina, Lisa und Beate, die alle drei ins Internat der John Cranko-Schule gingen, der Unbekannten das Zeichen zu »Kopf hoch, ich drück dir den Daumen« machten und sie rasch umarmten.

Aha, dachte ich, scharfsinnig wie ich bin, hab ich es doch gewusst. Jetzt muss ich nur noch feststellen, in welche Klasse sie geht.

Seit der Ersten sitzen Isabel und ich nebeneinander. Das war auch jetzt, in der Siebten, nicht anders. Als ich ins Zimmer kam, rief Isabel: »Hierher, Bille! Ich hab unsere Plätze besetzt!«

Das war, wie immer, die letzte Bank am Fenster. Klar, wir wissen, dass das wachsame Auge der meisten Lehrer eher nach hinten als nach vorn ausgerichtet ist. Trotzdem finden wir, dass genügend großer Abstand vor speichelsprühenden Wissenskanonen wichtiger ist als der ungestörte Stundenschlaf.

Neben uns knallte Bertram seinen Rucksack auf den Tisch. Weil er zu allem seinen Senf dazugeben muss und einfach nicht still sitzen kann, hält es niemand neben ihm aus – er hat schon immer einen Tisch für sich allein und immer ist es der Tisch neben unserem.

»Hey, Bille, was geht ab? Alles klar?«

»Klar.«

»Kommst du nachher mit auf ein Eis oder so?«

»Nö. Du weißt doch …«

Bertram grinste. »Übst du noch immer den sterbenden Schwan? Willst du dich nicht endlich als Dornröschen wachküssen lassen? He, soll ich dich mal küssen?«

»Du? Auf deine Sabberküsse kann ich verzichten!«

»Woher willst du wissen, dass ich sabbere? Ich sabber nicht, ich küsse erstklassig!«

»Bertram!«

»Lass sie, Bille hat was gegen Küsse«, kam mir Isabel zu Hilfe. »Die will nichts wissen von Jungs und so.«

Bertram spielte den Entsetzten. »Bist du … äh, Bille, du stehst doch nicht auf Mädchen, oder?«

Frau Schneider, unsere Klassenlehrerin, kam und der Unterricht begann mit den üblichen Seufzern, dem Stöhnen und Klagen wegen Stundenplan, Fachlehrern und noch zu besorgenden Heften und Büchern und sonstigem Kleinkram.

Ich mochte Frau Schneider und eigentlich passte ich immer auf, aber heute ertappte ich mich zu meinem Riesenschreck dabei, wie ich ein großes M auf den neuen Stundenplan malte. Wie kam ich dazu, so was Uncooles zu tun? Ich musste bescheuert sein, voll bescheuert!

Als ich das M ausradieren wollte, fragte ich mich, wo Mischa wohl wohnte? Ich zählte auf, was ich alles von ihm nicht wusste: Hat er Geschwister? Wie alt ist er? In welche Schule geht er? Nur eines wusste ich sicher: In meine Schule, ins Katharinenstift, ging er nicht. Hier kannte man sich.

Ich musterte die Hinterköpfe meiner Klassenkameraden und da wusste ich noch etwas: Mischa sah besser aus als jeder von ihnen.

»Was bedeutet das fette M?«, flüsterte Isabel und wies auf den Buchstaben, den ich schon die ganze Zeit ausradieren wollte. Ich fühlte, dass ich rot wurde. Verdammt! Genau so ging es Isabel und Jan! War ich vielleicht doch ver…??? Ich dachte über die Frage nach, ob Rotwerden und Verliebtsein zusammengehörten wie Zucker und Zimt, wie Milch und Butter, wie Klassenarbeiten und Noten – aber eine Antwort fand ich nicht so schnell.

»Sag schon, das M … Was bedeutet das?«

»Nichts.«

Isabel tippte sich an die Stirn. »Ich glaub dir das nicht. Warum wirst du rot?«

Aha, da hatte ich es! Ich durfte nicht rot werden, das Rot war ja dermaßen verräterisch – genauso gut könnte ich ein Plakat um den Hals tragen mit der Aufschrift: *Ich, Bille, bin vielleicht, ohne dass ich es will, verliebt.*

»So rot wird man nur, wenn man verliebt ist«, überlegte Isabel leise. »Ist es jemand vom Ballett?«

Ich schüttelte den Kopf.

»Sagst du es mir nachher?«

Frau Schneider schaltete sich ein: »Ich weiß, dass es nach der sechswöchigen Ferienzeit schwer ist, sich wieder an die Schule zu gewöhnen. Trotzdem erwarte ich, dass ihr euer Privatgespräch erst in der Pause führen werdet.«

»Frau Schneider, was ist das: eine Pause?«, fragte Bertram frech. »Ist das die kurze Sekunde, in der man die einen Bücher in den Rucksack stopfen, von einem Zimmer ins andere fliegen und den zweiten Pack Bücher herausziehen muss? Also ich weiß nicht – Zeit für ein Privatgespräch hatte ich da noch nie.«

»Schon mal was von ›In der Kürze liegt die Würze‹ gehört?«, fragte Frau Schneider lachend. »Nicht jedes Gespräch muss eine Lebensbeichte sein, Bertram. Übrigens habe ich nicht dich, sondern Bille und Isabel angesprochen.«

»Gut, dass Sie das jetzt sagen, sonst hätte ich glatt noch weitergeschleimt«, meinte Bertram mit unschuldigem Augenaufschlag.

»Endlich bin ich wieder in der Schule!«, rief Frau Schneider. »Weißt du, Bertram, du hast mir wirklich gefehlt. Es war so langweilig ohne deine dummen Sprüche.«

»Man tut, was man kann«, antwortete Bertram bescheiden.

Der Unterricht ging weiter.

Als die Pausenglocke läutete, mussten wir das Klassenzimmer wechseln. Glücklicherweise vergaß Isabel, nach dem geheimnisvollen M zu fragen.

Vormittags:

Sonnige Abschnitte

Erst in der großen Pause erinnerte sie sich wieder daran, aber da wurde ich völlig überraschend ins Rektorat gerufen. Das ist, wie jeder Schüler weiß, ziemlich ungewöhnlich. Ohne dass man es will, fragt man sich, ob man etwas ausgefressen hat. Ich hatte überhaupt nichts ausgefressen. Aber, verdammt noch mal, weshalb musste ich dann ins Rektorat?

Ich ahnte es in dem Augenblick, als ich ins Zimmer trat.

Unsere Rektorin, Frau Langer, sagte: »Das ist Kia. Sie wohnt im Internat der John Cranko-Schule, die auch du besuchst, Bille. Kia ist so alt wie du, sie wird in deine Klasse gehen und ich bitte dich, ihr, wenn nötig, zu helfen. Übrigens, Kia lebte einige Jahre in der Schweiz und kann ausgezeichnet Deutsch.«

Ich streckte meine Hand aus.

Kia sagte mit unbewegter Miene: »Meine Geburts- und Heimatstadt ist Hongkong. Hongkong gehört erst seit wenigen Jahren zu China und ist mit keiner anderen Stadt Chinas zu vergleichen. – Ich lebte zwei Jahre in Lausanne und bin vertraut mit der europäischen Lebensweise. Ich bin nicht auf fremde Hilfe angewiesen. Ich bin sehr selbstständig. Vielen Dank, ich brauche nichts.«

O Gott, wie redet das Mädchen bloß?, dachte ich und starrte Kia fassungslos an. Frau Langer sah ebenfalls ziemlich verblüfft aus, aber sie legte Kia den Arm um die Schulter und sagte: »Kia, niemand spricht von fremder Hilfe. Es geht mehr um freundschaftliche Hilfe. Bille ist deine Ansprechpartnerin, wenn dir etwas unbekannt ist oder wenn du einen Rat brauchst. Bist du damit einverstanden?«

»Gerne. Danke. Kann ich jetzt gehen?«

»Bitte sehr! Bille, du bleibst noch einen Augenblick hier.«

Als Kia draußen war, rieb sich Frau Langer die Nase. »Das Mädchen ist wirklich sehr selbstständig. Aber wenn man bedenkt, dass sie seit zwei Jahren ohne Eltern in einem fremden Land lebt, ist das wohl unvermeidlich. Wer weiß, mit welchen Schwierigkeiten sie da schon fertig werden musste.«

»Klar, das kapiere ich«, sagte ich. »Aber warum spricht sie so komisch Deutsch?«

»Ich weiß es nicht«, antwortete Frau Langer nachdenklich. »Es klingt sehr ungewöhnlich. Wo in der Schweiz ist sie noch mal zur Schule gegangen? In Lausanne? Die Verständigungssprache in ihrem Internat war vermutlich Englisch ... Frag sie doch bitte, wo und bei wem sie Deutsch gelernt hat, Bille.«

Ich kam zu spät ins Klassenzimmer, aber Herr Adam, unser Mathelehrer, war noch nicht da. Am

Lehrertisch stand Kia, kerzengerade und in der dritten Position: Ferse des einen Fußes an der Mitte des anderen, beide Füße und Beine auswärts gedreht.

Bertram zog gerade eine Show ab. »Leute«, rief er durch den Raum. »Wir haben Zuwachs bekommen! Ein zweiter Ballettfreak! Muss das sein, frage ich euch?«

Ich hörte, wie Isabel zu Kia sagte: »Auch wenn du in unsere Klasse kommst und ihr beide Ballett tanzt, eines ist sicher: Neben Bille sitze ich.«

Wie immer war Lea, unsere Klassensprecherin, hilfsbereit und kameradschaftlich. »Für dich brauchen wir noch einen Tisch. Oder willst du etwa neben Bertram sitzen? Wie heißt du eigentlich?«

»Kia«, antwortete Kia. »Am liebsten sitze ich allein.«

So ist Kia, dachte ich und sagte zu Bertram: »Da hast du's. Keine Chance, deine Kusstechnik bei Kia zu verbessern.«

»Echt schade.« Bertram nickte bekümmert und machte sich sofort an Kia ran. »Soll ich dir einen netten Witz erzählen? Einen mit Gebrauchsanweisung für Lehrer?« Er wartete Kias Antwort gar nicht erst ab. »Der Witz geht so: Fragt ein Lehrer seine Lieblingsschülerin: Warum hast du deine Hausaufgaben nicht gemacht? Och, sagt sie, gestern Abend im Park waren Sie aber viel netter zu mir! – Na, was sagst du dazu?«

»Leute, auf die Plätze! Die Stunde beginnt!«, rief Herr Adam. Mit dem war nicht zu spaßen, wir flitzten auf unsere Plätze. Nur Kia blieb am Lehrertisch stehen. »Also, was ist?«, fragte Herr Adam. »Ach, du bist die Neue. Bei Bertram ist noch ein Platz frei.«

Herr Adam vergeudete keine Sekunde seiner kostbaren Mathestunde für etwas so Nebensächliches, wie einen Extratisch holen zu lassen. Das Komische war nur, dass Bertram eine geschlagene Stunde lang lammfromm auf seinem Stuhl saß, nicht zappelte, nicht auf den Boden rutschte und kein einziges Mal ungefragt den Mund aufmachte. Er sagte nicht einmal dann etwas, als Herr Adam ihn nach einem Ergebnis fragte – das übernahm Kia souverän für ihn.

Nach der Stunde meinte er: »Bist zwar ein Ballettfreak wie die Bille, darfst aber trotzdem neben mir sitzen.« Das sagte er so richtig von oben herab, und *ich* wäre ihm deshalb bestimmt ins Gesicht gesprungen, aber Kia antwortete höflich: »Am liebsten sitze ich allein.«

Aber weil kein anderer Platz frei war, blieb es dabei: Kia musste mit Bertram vorliebnehmen.

In der letzten, der Biologiestunde, laberte er pausenlos auf sie ein. »Sieh mal, Kia, wenn du allein an einem Tisch sitzt, kannst du bei niemandem abschreiben. Du kannst keine Gemeinheiten austauschen, kannst dich mit niemandem unterhalten, und wenn du es doch versuchst, bei deinem Vordermann vielleicht, bekommst du gleich eine Strafarbeit aufgebrummt. Also bleib hier sitzen, das ist das einzig Wahre.«

Isabel flüsterte mir zu: »Bille, hast du das gehört? Ich glaube, Bertram hat's erwischt!«

Sie hatte das Biobuch kunstvoll aufgeschlagen und ihren kleinen Spiegel dagegengestellt. Konzentriert arbeitete sie mit Kajal- und Augenbrauenstift, gerade griff sie nach dem Lipliner und fragte leise: »Findest du die Farbe nicht irgendwie zu matt, Bille?«

»Nur wenn du als Leuchtturmfeuer auftreten willst«, entgegnete ich.

»Du bist gemein!«

»Stimmt. Ich verstehe dich nicht. Dein Lover sieht doch niemals, welchen Aufwand du treibst.«

»Das ist es ja eben.« Isabel presste die Lippen aufeinander. »Er soll das ja auch gar nicht bemerken. Alles muss so natürlich wie möglich aussehen.«

»Dann lass doch die Farbe weg.«

»Bille! Bille, du bist abartig. Weißt du was? Ich würd mir echt wünschen, dass du dich wahnsinnig verliebst. Vielleicht macht dich das endlich normal.«

Ich malte mir die Lippen mit ihrem Stift an. Er schmeckte nach Vanille und Erdbeere. »Nicht schlecht«, gab ich zu.

»Weißt du was? Ich *bin* schon verliebt – vielleicht«, schränkte ich ein.

Isabel erinnerte sich sofort an das geheimnisvolle M und schob den Lippenstift rüber.

»Hier. Ich leihe ihn dir.«

»Nein!!!« Ich gab ihr den Lippenstift postwendend zurück.

»Aber wenn du doch –«

»Nein!!!«

»Bille, du bist einfach bescheuert«, sagte Isabel knapp. »Bist du nun verliebt oder bist du's nicht?«

»Keine Ahnung ... Eben vielleicht.«

»Dir ist nicht zu helfen.«

Fünf Minuten vor Stundenende tupfte sich meine Freundin Isabel einen zarten Blümchenduft hinter die Ohren und an die Handgelenke, warf das Schminktäschchen, das Buch, Heft und Mäppchen in den Rucksack und sprang beim ersten Ton der Schulklingel auf.

»Tschüss, Bille! Ich fliege! Heute musst du alleine nach Hause gehen.«

»Spinnt die?«, erkundigte sich Bertram.

»Nee«, antwortete ich. »Sie trifft sich mit ihrem Lover.«

»Hä?« Bertram rammte sich die Schirmmütze verkehrt rum aufs Haupt. »Was sagst du, Bille? Ach egal, ist ja auch unwichtig. Kia, ich bringe dich zur Urbanstraße, ja? Bist schließlich neu in der Stadt, kennst dich noch nicht aus und so ...«

Zum ersten Mal, seit ich sie kannte, lächelte Kia. »Wenn es keine Umstände macht, Bertram. Gerne. Danke.«

»Umstände?«, wiederholte ich frech. »Quatsch. Bertram liebt Umstände und Umwege.«

»Wie meinst du das, Bille?«, fragte Kia.

»Er wohnt am anderen Ende der Stadt.«

»Hör nicht auf sie«, entgegnete Bertram hastig und zog Kia am Arm mit sich fort.

Es stimmte: Bertrams Familie war vor einem Jahr aus der Innenstadt nach Zuffenhausen, einen Vorort Stuttgarts, gezogen. Bertram hatte die Schule nicht wechseln wollen und sich damit einen irre weiten Schulweg eingehandelt. Wenn er heute Kia seine Begleitung aufdrängte, war das der schlagende Beweis dafür, dass er sich in sie verliebt hatte. Kia und Bertram – also das passte wie die Faust aufs Auge!

Mittags:

Strahlender Sonnenschein

Rechter Fuß: Mi, linker Fuß: scha, rechter Fuß: Mi, linker Fuß: scha ... Werde ich Mischa heute wiedersehen? Ob er wirklich auf mich wartet? Oder hat er das nur so dahingesagt? Hat er mich vielleicht schon vergessen? Ob er überhaupt weiß, wo die Urbanstraße ist?

Mir gingen die widersprüchlichsten Gedanken durch den Kopf. Mal freute ich mich irrsinnig auf ihn, in der nächsten Sekunde ärgerte ich mich über mich. Dann dachte ich nur noch an meine Übungsstunde und an meine Ballettfreundinnen und wünschte Mischa zum Teufel.

Das Hin und Her in meinem Kopf machte mich verrückt. »He, kannst du nicht aufpassen?«, empörte sich ein Kleiner, der auch auf dem Heimweg war. »Du rennst einen ja glatt nieder!«

Ich entschuldigte mich mechanisch. Auf einer Bank unter den großen Bäumen saß ein Mann, der mit den Krumen seiner Brezel Spatzen und Meisen fütterte. Ich hatte die Staffel erreicht und sang bei jeder Stufe: Er kommt, er kommt nicht, er kommt ... Weil mich die Sonne blendete, sah ich Isabel und Jan fast zu spät, die auf halber Höhe am

Geländer lehnten und sich küssten. Hätte es mir denken können, dachte ich, dass die beiden irgendwo knutschen. Wenn das jetzt Mischa und ich … nein, niemals! Meine Liebe ist das Ballett!

Ich machte laut: »Hrrm, hrrrm, hrrrm«, aber die zwei hörten mein Räuspern nicht.

O Gott, dachte ich, wenn die Liebe so heftig ist, ist das wirklich nichts für mich. Ich will doch tanzen!

Zu Hause warteten Ma und Joschy auf mich. Pa ist Banker und kommt abends erst gegen sieben nach Hause, und O-Lore isst immer nur sonntags mit uns.

»Erster Schultag!«, rief Ma aus der Küche. »Stundenpläne! Neue Lehrer! Austausch von Neuigkeiten!«

So ist meine Ma – keine Supermutter, dafür hat sie keine Zeit, weil sie ja malt und bildhauert und der Ansicht ist, dass ihre Kinder genauso selbstständig sein müssen wie sie. »Nur selbstständige Menschen können etwas Eigenständiges schaffen«, sagt sie immer, und sie erwartet einfach, dass wir Schule und Freizeit, und ich das Ballett dazu, locker unter den passenden Hut bringen.

Heute stellte sie sofort die ätzende Mutterfrage: »Na, wie war es denn? Erzählt doch mal!« Sie knallte eine Riesenschüssel Salat auf den Tisch.

»Ma, du hast eine lila Nase«, stellte Joschy fest. »Hast du dein Gesicht mit der Leinwand verwechselt?«

»Nee, nur keine Zeit gehabt, in den Spiegel zu

schauen. Aber jetzt berichtet endlich. Joschy, wie ist deine neue Schule?«

Er winkte ab. »Voll in Ordnung, bis auf die Mädchen und bis auf einen von den Jungs. Ausgerechnet der hat sich neben mich gesetzt. Stellt euch vor, der hat noch nie etwas von einem Ameisenbär gehört. Er dachte, ich nehme ihn auf den Arm, und laberte, es gebe ja auch keine Ameisenwölfe oder Ameisenlöwen. Und in der Wilhelma war der Typ auch noch nie.«

Die Wilhelma, eine Mischung aus Zoo und botanischem Garten, ist ein Stuttgarter Highlight. Joschy hätte am liebsten zwei Außer-Haus-Schlafplätze, einen im Wald und einen zwischen den neuntausend Tieren aus allen Klimazonen der Erde. Er kannte und besuchte regelmäßig alle Neugeborenen, die winzigen Affenbabys, das süße, kleine, knubbelige Nashorn und jetzt, gerade erst geboren, Ernst-Einar, den Ameisenbären.

»Der weiß nicht, was er versäumt«, sagte Ma. »Interessiert er sich wenigstens für Fußball?«

»Nee, ich glaube, der sitzt nur vor der Glotze. Deshalb denkt er ja auch, Ameisenbären gäbe es nicht in echt, die hätte ein Trickfilmzeichner erfunden.«

»Musst ihn halt mal mitnehmen, wenn du in die Wilhelma gehst«, schlug ich vor.

»Weiß nicht. Hast du auch so blöde Typen in deiner Klasse, Bille?«

»Nö. Wir haben nur eine Neue. Es ist das Mädchen, das ich bei *Gabriele* gesehen habe, Ma.«

»Ach?«

»Ja. Sie wohnt im John Cranko-Internat. Weil nur neben Bertram ein Platz frei war, musste sie sich zu ihm setzen. Jetzt ist Bertram in sie verliebt.«

»So schnell geht das?«, erkundigte sich Joschy. »Und überhaupt: Woher willst du wissen, dass es so ist?«

»Bertrams Familie ist nach Zuffenhausen gezogen«, erinnerte ich ihn. »Trotzdem hat er Kia, so heißt die Neue, in die Urbanstraße begleitet.«

»O. k. Dann ist er hin und weg von ihr«, bestätigte Joschy. »Bei dem Umweg!« Er schob sich eine Tomatenscheibe in den Mund. »Übrigens habe ich den Typ von gestern gesehen.«

Ich kapierte nicht gleich und auch Ma runzelte die Stirn. »Den Typ von gestern? Meinst du den netten Jungen, den wir im Krankenhaus getroffen haben und der dann abends kam und so besorgt um Bille war?«

»Der nette Junge!« Joschy lachte fies.

»Was ist? Warum lachst du? Geht er in deine Schule?«

»Glaube ich nicht. Ich habe ihn ja nur auf der Straße getroffen. Er hing an der Bushaltestelle rum. Aber –«, Joschy grinste jetzt noch viel fieser, »er ist rot geworden, als er mich sah. Richtig knallrot. Kann mir mal jemand sagen, warum?«

Das Salatblatt fiel von meiner Gabel. Ich beugte den Kopf über den Teller.

Meine Ma lachte. »Ach, Joschy, der ist nicht deinetwegen rot geworden, der hat bestimmt ein Mädchen gesehen, das er kennt und das ihm gefällt.«

»Hm.« Er hob die Schultern und sagte betont beiläufig: »Das ist ein komischer Typ. Er ist anders als die, die ich kenne.«

»Wie ist er denn?«, fragte ich genauso betont beiläufig.

»Woher soll ich das wissen? Eben anders.«

»Gut oder schlecht anders?«

Joschy verdrehte die Augen. »Du nervst, Bille. Hast du dich vielleicht auch verliebt? Ich meine, weil du dich gestern so blöd benommen hast und heute alles Mögliche aus mir herausquetschen willst.« Er verstellte seine Stimme. »›Wie ist er denn, Joschy?‹« Er zeigte mit dem Finger auf mich. »Hast du dich in den Typen verliebt, Bille? Gib's zu, du hast dich verliebt!«

»Quatsch. Du spinnst, Joschy.« Ich hustete. »Ma, Isabel hat ein Freundschaftsarmband geschenkt bekommen, an dem baumelt ein Kussmund. Wie findest du das?«

»Eklig«, antwortete Joschy sofort.

Ma lachte lauthals. »Du wirst deine Meinung auch noch ändern, Joschy, wart's nur ab! Ich finde, das ist ein nettes Geschenk, schließlich hat sich jemand was dabei gedacht.«

»Ach nee! Was denn?«

»Joschy, halt du dich da raus«, warnte ich ihn.

»Warum giftest du mich so an?«, entgegnete er ungerührt. »Willst wohl auch einen Kussmund? Von dem komischen Typen von gestern vielleicht?«

Meine Mutter wurde misstrauisch. »Das ja wohl nicht gerade, was, Bille?«

»Nie im Leben!«, rief ich.

»Hoffentlich. Du hast ja nicht mal Zeit für deine Freundinnen, wie willst du da noch einen Freund haben? Und für die Schule musst du ja auch was tun.«

»Freund geht nicht, gibt's nicht«, spottete Joschy.

»Fiesling!«

Ma stand plötzlich auf. »Da fällt mir gerade etwas ein … Ich habe ein Geschenk für dich, Bille. Ich wollte es dir schon vor einiger Zeit geben, aber dann habe ich es vergessen.«

»Und für mich, Ma? Du sagst immer, Gerechtigkeit muss sein.«

»Stimmt, Joschy. Du bekommst auch eines.«

»Wann?«

»Wie wär's mit heute Abend?«

»O. k.« Joschy nickte gnädig. »Ich guck mir Billes Geschenk noch an, Ma, dann geh ich.«

In ihrem Biedermeiersekretär, den sie von einer Großtante geerbt hat, hortet meine Mutter all die kleinen Dinge, die ihr wichtig sind: alte Briefe, Fotos, verwelkte Blumen, deren Farben so blass sind wie die Erinnerungen an einstmals wichtige Ereignisse, die niedlichen ersten Schuhe von mir und Joschy, Bastelsachen aus unserer Kindergartenzeit, Zeichnungen und Zettelchen aller Art.

Sie öffnete eine der kleinen Schubladen und kramte ein Beutelchen aus rotem Leder heraus. »Schau, Bille, das hat mir eine Ballettfreundin geschenkt, als ich so alt war wie du heute. Es war mein Talisman. Hier, jetzt gehört er dir.«

Es war ein goldenes Gliederarmband mit einem winzigen goldenen Fisch, einem springenden Fisch, komplett mit vorquellenden Augen, wulstigen Lippen und feinen Schuppen. »Ist der schön! Vielen Dank, Ma!«, rief ich und umarmte sie. »Sieh nur, Joschy!«

»Klimperkram«, urteilte er herzlos. »Ich geh dann mal. Tschüss!«

Ich ließ die goldene Kette durch meine Finger gleiten. »Vielen Dank, Ma!«

»Mir hat der Fisch lange Zeit Glück gebracht«, sagte sie. »Ich hoffe, er hat noch eine Menge Glück für dich übrig gelassen.«

»Bestimmt! Mit seiner Hilfe werde ich die berühmteste Ballerina aller Zeiten!«

»Wer weiß?« Sie legte mir die Kette um das Handgelenk und machte den Verschluss zu. »Auf jeden Fall hast du jetzt einen Talisman.«

Nachmittags:

Wolken ziehen durch

Das Internatsgebäude samt den Übungsräumen der weltberühmten John Cranko-Ballettschule befindet sich in der Urbanstraße. Es ist ein älteres, hohes, grau verputztes und unauffälliges Stadthaus. Von der Straße aus gelangt man zunächst in einen kleinen geteerten Hof mit ein paar Parkplätzen. Eine steile Treppe führt zur Eingangstür, durch einen Windfang kommt man am verglasten Zimmer des Hausmeisters vorbei in einen Empfangs- und Aufenthaltsraum für Besucher, linker Hand befinden sich Speisesaal und Küche, im ersten Stock sind die Verwaltungsräume, das Zimmer des Schuldirektors, das Wohnzimmer der Internatsschüler und eine Bibliothek. Über die restlichen Etagen verteilt liegen die Zimmer der Schülerinnen und Schüler und die Übungsräume.

Die Einrichtung ist schlicht und zweckmäßig, der einzige künstlerische Schmuck sind die gerahmten Fotografien von Ehemaligen, die berühmte Tänzerinnen und Tänzer wurden.

Ich war noch so zeitig dran, dass ich Herrn Weber, den Pförtner und Hausmeister, begrüßen konnte. Er ist auch berühmt; nicht etwa, weil er tanzen könnte, nein, er ist deshalb berühmt, weil er immer ein offenes Ohr für unsere Nöte und Sorgen hat. Wenn jemand beim Training geschimpft wird, tröstet er, wenn sich jemand verletzt und eine Zeit lang nicht trainieren kann, tröstet er auch, und wenn bei einem Internatsschüler lange Zeit keine Briefe oder Nachrichten aus der Heimat kommen, tröstet er erst recht.

»Bille! Dich habe ich ja eine Ewigkeit nicht gesehen! Wie geht's? Ist alles in Ordnung?«

»Klar!«

»Gut! Dann mal los, die anderen wärmen sich schon auf!«

Ich schaute aber doch zuerst in unseren Aufenthaltsraum. Da stehen zwei rote Sofas, die Vorhänge sind aus roten, blauen und weißen Stoffbahnen, was sehr schick aussieht, aber tatsächlich, niemand hielt sich mehr hier auf, alle waren schon in den Umkleideräumen. Also rannte ich die nächste Treppe hoch. Meine Gruppe saß auf dem Fußboden und machte die üblichen Dehn- und Streckübungen: Benni aus Kassel, Natascha aus Russland, Uzonka und Jury aus Polen, Lissa aus Tschechien, Randa aus Südafrika, Mayuka aus Japan. Und Kia. Kia aus Hongkong.

»Hallo!«

»Mensch, ich dachte schon, du kommst nicht mehr! Ausgerechnet heute, am ersten Tag nach den Ferien, bist du so spät dran!« Randa ist immer so vorwurfsvoll. Negativ ist sie, aber daran ist nichts zu ändern.

»Meine Mutter hat mich aufgehalten!«

In fliegender Hast zog ich mich aus und schlüpfte in ein weißes Trikot. Als ich die Schläppchen überstreifte, streckte Frau Bandiol ihren Kopf herein. »Auf!«, sagte sie nur.

Im Übungsraum saß Peter schon am Flügel. Er studiert an der Musikhochschule und ist noch nicht sehr alt, Anfang zwanzig vielleicht, und er ist sehr schüchtern. Wir haben ihn gern, weil er nie die Geduld verliert, auch nicht, wenn er zwanzigmal hintereinander dieselbe Passage spielen muss. Er steht voll auf unserer Seite und räuspert sich laut, wenn eine von uns besonders fies ausgeschimpft wird, weil sie eine Übung nicht so perfekt macht, wie Frau Bandiol sich das vorstellt. Das bringt unsere Lehrerin immer zur Besinnung. Sie räuspert sich dann auch, schluckt ihren Ärger hinunter und beginnt die Übung von Neuem.

Frau Bandiol stellte Kia vor, dann fingen wir an.

Obwohl die Sonne durch die großen Fenster schien, waren die Leuchtröhren eingeschaltet. Wände und Decke sind weiß, der Fußboden ist mit hellem Linoleum ausgelegt, an drei Wänden befinden sich die raumhohen Spiegel und davor die Stangen, und an der Seite, die der Tür gegenüberliegt, steht der schwarze Flügel.

Dann gibt es noch einen Stuhl für Frau Bandiol. Den benützt sie aber nicht zum Sitzen – manchmal steht sie sogar auf der Sitzfläche, um einen besseren Überblick zu haben.

»Erste Position«, rief sie jetzt, »zweite Position …

eins, und zwei, und drei … Mein Gott, habt ihr denn alles vergessen? Was habt ihr in den Ferien gemacht? Seid ihr nur auf der faulen Haut gelegen? Konzentriert euch bitte!«

Nach wenigen Minuten war ich schweißgebadet. Natascha ging es noch schlechter als mir. Sie atmete stoßweise, und als Frau Bandiol einmal kurz mit Peter sprach, zischte sie: »Verdammt, ich kann wirklich nichts mehr!«

»Mir geht es nicht besser«, gab Mayuka zu.

Nur Kia bewegte sich scheinbar mühelos.

»Eins, und zwei, und drei«, zählte Frau Bandiol. »Plié …«

Langsam kam ich in Schwung, meine Bewegungen wurden leichter und fließender. Frau Bandiol stand vor mir, packte mein rechtes Bein und drehte es, drehte es, drehte es, bis es wirklich nicht weiter ging. »Dreh den Fuß nach außen! Ja, genau so! Und weiter …«

Sie kritisierte Natascha, runzelte die Stirn, weil Lissa das Bein nicht sofort in die richtige Stellung brachte, und nickte anerkennend, als sie vor Kia stand. Das war eine solche Seltenheit, dass wir erstaunt innehielten. »Was ist?«, fragte sie irritiert. »Warum macht ihr nicht weiter? Plié, demi-plié, grand-plié …«

Nach zwei Stunden legte sie eine Pause ein, wir griffen nach den Wasserflaschen und unterhielten uns leise. Natascha klagte über Schmerzen im linken Knie, Randa machte den langen Flug von Johannesburg nach Stuttgart dafür verantwortlich, dass ihr die Gelenke wehtaten, Jury und Uzonka saßen wie immer etwas abseits und unterhielten sich auf Polnisch, was natürlich niemand von uns verstand und damit den Rang einer Geheimsprache hatte.

Frau Bandiol kam zurück – zusammen mit dem Direktor unserer Schule.

»Bille, Kia, stellt euch an die Stange. Nein, ihr anderen könnt sitzen bleiben. Los, ihr beide: Eins, und zwei, und drei …«

Wir fragten nicht: »Warum, Frau Bandiol?« Keiner von den anderen erkundigte sich: »Warum dürfen nur die zwei tanzen?« Das ist beim Ballett nicht üblich. Wir müssen uns unterordnen und einfach das tun, was man von uns fordert.

Die beiden Erwachsenen beobachteten uns sehr genau. »Stimmt«, sagte der Direktor schließlich. »Sie haben ganz recht. Danke, das reicht.«

Die beiden verließen den Raum. Peter schob den Klavierhocker zurück und stand auf.

»Warum durftet ihr tanzen und wir nicht?«, nörgelte Randa. »Ich bin genauso gut wie ihr. Ist doch so, Peter, oder?«

»Keine Ahnung. Ich kann nur Klavier spielen. Vom Tanzen verstehe ich nichts.«

»Peter! Das stimmt nicht!«, widersprach Randa aufgebracht.

Kia und ich standen Seite an Seite. Ich schaute in den Spiegel und stellte wie schon bei *Gabriele* fest, dass wir gleich groß waren. Außerdem fiel mir auf, dass auch unsere Beine und Arme gleich lang waren – wir hätten Zwillinge sein können, wenn nicht Kia asiatisch und ich europäisch ausgesehen hätte.

»Ich versteh's nicht«, murmelte ich.

Natascha lachte. »Dass ihr tanzen durftet, meinst du? Ich versteh das schon. Ihr tanzt genau gleich. So, als hättet ihr euer Leben lang miteinander trainiert. Komisch ist das – es fällt richtig auf.«

Kia legte den Fuß auf die Stange, beugte sich vor und umfasste die Zehen mit beiden Händen. In diesem Augenblick kam Frau Bandiol zurück und das Training ging weiter.

Später:

Wieder freundlich, rasend schnelle Erwärmung

Um fünf war Schluss. Wir gingen in den Umkleideraum, duschten und zogen die Alltagsklamotten an.

»Was machst du jetzt?«, fragte Mayuka, mit der ich mich am meisten angefreundet hatte. »Kommst du mit in die Stadt?«

Ich rubbelte die Haare trocken und wollte schon zusagen, als mir Mischa einfiel. »Geht nicht. Leider. Morgen vielleicht, ja?«

»Oh, wie schade! Warum geht es nicht?«

Obwohl Randa ihre dunkelroten Haare föhnte, hatte sie mich gehört. »Bist du verabredet, Bille? Mit wem denn?«

»Randa! Du bist neugierig!«

Die anderen lachten.

»Also – mit wem bist du verabredet? Ist er süß? Wie heißt er? Tanzt er auch?«, wollte Uzonka wissen.

»Das geht euch überhaupt nichts an.«

»Stimmt«, bestätigte Uzonka. »Aber trotzdem möchten wir es gerne wissen. Das ist doch normal, oder?«

»Es ist mein Privatleben.«

»Als Tänzer hat man aber kein Privatleben«,

meinte Randa. »Also, mit wem triffst du dich? Mit einem Jungen?«

»Klar ist es ein Junge«, warf Natascha ein. »Wenn es ihre Mutter wäre, hätte sie es schon längst gesagt.«

Wieder lachten alle. Ich stopfte mein verschwitztes Trikot in die Tasche.

Kia trat auf mich zu. »Einen Augenblick, Bille. Kommst du bitte mit rüber ins Internat? In meinem Zimmer habe ich den Kassenbon, den ich bei *Gabriele* am Samstag bekommen habe. Ich glaube, da stimmt etwas nicht.«

Auch das noch, dachte ich entsetzt, aber weil ich Kia helfen musste, folgte ich ihr. »Ich bewohne das Zimmer allein, jedenfalls so lange, bis noch ein Mädchen aufgenommen wird«, sagte sie.

Der Raum war furchtbar aufgeräumt, die Schreibplatte vor dem Fenster war bis auf einen Behälter für Stifte und eine schmale Vase mit einem einzigen langen Grashalm leer, überm Bett lag eine weiße Tagesdecke, im Regal daneben standen nur wenige Bücher, ein Teekännchen mit Schälchen im gleichen Dekor wie die Vase, ein Halter für Räucherstäbchen und eine Dose. Etliche Plüschtiere saßen und lagen sorgfältig angeordnet auf dem Bett und eine lange Papierbahn mit schwarzen chinesischen Schriftzeichen sowie einige Fotos hingen an der Wand: Hongkong bei Tag und bei Nacht, ein tropischer Garten, eine lachende Familie, zwei Mädchen, die mit einem Hundebaby spielten, ein paar Bilder, die nur Berge zeigten, eine Stadt, die vermutlich Lausanne war, ein Foto mit Kia im Tutu.

Ich trat ungeduldig von einem Bein aufs andere.

»Wie du weißt, habe ich bei *Gabriele* nichts gekauft und deshalb auch keinen Kassenbon«, sagte Kia. »Die Neugier der anderen war dir peinlich, nicht wahr?«

Ich nickte überrascht.

»Ich wollte dich aus den Fängen der Fragenden befreien«, fuhr Kia fort. »Mir waren die Fragen sehr unangenehm, obwohl sie mich nichts angingen. An dir schätze ich, dass du keine Fragen stellst. Das war alles. Jetzt kannst du unbesorgt gehen.«

Ich dachte, ich höre nicht recht. »Sag bloß!«, rief ich und plumpste auf ihr Bett.

»Du kannst wirklich gehen.«

»Danke«, sagte ich mechanisch, stand auf und griff nach meiner Tasche. »Eigentlich würde ich gerne wissen, wie es kommt, dass du so … so … dass du dich so anders ausdrückst! Schon in der Schule ist mir das aufgefallen und jetzt sagst du solche Sachen wie: ›Aus den Fängen der Fragenden‹ und ›An dir schätze ich‹. Überhaupt bist du wahnsinnig erwachsen.«

Kia blieb ganz ernst. »Nun, in Lausanne hat mir eine alte und sehr vornehme Dame Deutsch beigebracht. Ich fürchte, dieses ist etwas ungewöhnlich.«

»Es ist total altmodisch. Wir sagen: ›Hey, halt die Klappe, deine Fragen nerven.‹«

Kia nickte. »Ich höre den Unterschied und werde mich bemühen, korrekt Deutsch zu sprechen. Im

Schweizer Internat haben wir uns hauptsächlich auf Französisch und Englisch verständigt.«

Ich stöhnte. »Kia, du drückst dich viel zu korrekt aus. Red doch einfach so, wie dir der Schnabel gewachsen ist.«

»Bitte, wie ist mir der Schnabel gewachsen? Ist es ein chinesischer, ein englischer, ein französischer Schnabel? Ein deutscher Schnabel ist es nicht, das höre ich.«

»Mensch, Kia, entschuldige, ich habe nicht nachgedacht! Weißt du was? Du besuchst mich einfach öfters zu Hause, dann lernst du ganz leicht, wie wir sprechen. Hier im Internat wird's schwer für dich sein.«

Ich wusste, dass im Internat Kinder und Jugendliche aus mehr als zwanzig Nationen leben. Das Kauderwelsch im Speisesaal beispielsweise ist einfach phänomenal. Andererseits sprechen die meisten nach kurzer Zeit gut Deutsch. Ich jedenfalls habe mich schon oft gefragt, ob ich innerhalb eines Vierteljahres Russisch oder Chinesisch lernen könnte.

»Tschüss, Kia, bis morgen! – Und: Noch mal danke!«

Noch später:

Die Temperatur steigt weiter!

Ich kam nur bis zum Haupteingang.

Herr Weber sagte besorgt: »Seit einer geschlagenen Stunde lungert einer vorm Haus herum. Vier Mal habe ich ihn bereits aufgefordert, den Hof zu verlassen, aber der Junge schüttelt immer den Kopf. Was ist das bloß für ein Typ? Man muss ihn sich nur anschauen, den Kerl mit seinen kurz geschorenen Haaren und der Hose, die ihm bis in die Kniekehlen hängt, um zu wissen, dass er nichts taugt«, schimpfte er. »Und ich möchte bloß wissen, aus welchem Mottensack er das gehäkelte Mützchen gezogen hat. Eine Häkelmütze im Sommer, das sagt doch schon alles, nicht wahr, Bille? Pass nur auf, dass er nicht zudringlich wird. Hast du ein Handy mit?«

Ich linste am Hausmeister vorbei auf die Straße. Mein Herz machte einen Sprung: Der »Kerl« war Mischa!

»Wartet er wirklich schon seit einer Stunde?«

»Seit einer Stunde und siebzehn Minuten. Ich habe zufällig auf die Uhr geschaut, als er in den Hof geschlurft kam.«

»Er wartet auf mich, Herr Weber. Bitte sagen Sie den anderen nichts davon, ja?«

»Bille, der Kerl ist nichts für dich!«, rief Herr Weber empört. »Wissen deine Eltern –«

»Sie kennen ihn«, unterbrach ich ihn hastig und wollte endlich gehen. Aber nichts da, er hielt mich am Arm fest. »Da ist noch was, Bille. Der Junge leiert immer mal wieder was in einem komischen Singsang vor sich hin. Bist du sicher, dass er normal ist?«

»Bestimmt ist er das«, beteuerte ich und rannte los.

Kaum sah Mischa mich, stand er auf:

Es hat den Anschein, ich müsst verrückt sein
Ich warte und komm nicht los vom Randstein
Das hört sich verdammt blöd an, ich weiß
Aber wenn sie kommt, hast du den Beweis
Wofür –? Keine Ahnung, wie ich das sagen soll
Musst selber sehn – sie macht mich toll

»Das ist ja so was von peinlich«, fauchte ich. »Hier herumzuhängen und dann auch noch das!«

»Bille, ich hab es nicht mehr ausgehalten ...«

»Ja, fein! Ich hab dir doch gesagt, dass ich erst um fünf Uhr fertig bin.«

»Bin ich doof? Das weiß ich, aber ich dachte, ich komme lieber zu früh als zu spät.«

»Dass du den Hausmeister erschreckst, daran hast du nicht gedacht, was?«

Mischa zog die Hose hoch und legte den Arm um meine Schultern. Ich war aber noch immer sauer. Voll peinlich war die Show, die Mischa abgezogen hatte!

Wir stapften an den Polizisten vorbei, die in ihrem Streifenwagen das türkische Konsulat bewachten, gingen ein Stück weit die Moserstraße entlang bis dahin, wo die Eugenstaffel beginnt.

»Willst du nach Hause?«, fragte Mischa.

»Aber klar!«

Ich rannte die Stufen hoch und hörte, dass Mischa mir folgte.

Große alte Häuser in verwilderten, efeuüberwucherten Gärten standen links und rechts der Staffel, die wenige Meter unterhalb des Eugensplatzes vor einem halbkreisförmigen Aussichtsplateau endet. Hier befinden sich bemooste steinerne Bänke, links und rechts des Plateaus sind es jeweils nur noch ein paar Stufen bis zum Platz, auf dem einer der schönsten Brunnen der Stadt steht: mit Trinkwasser, bitte sehr!

Ich rannte ans Becken und wartete auf Mischa, den ich tüchtig nass spritzen wollte – aber leider blieb er in sicherer Entfernung stehen, deutete auf die Statue überm Brunnen und meinte: »Igitt, wer ist denn die fette Frau da? Warum hat sie nur ein Handtuch in der Hand und trägt keine anständigen Kleider? Und überhaupt – warum zeigt sie ihren nackten Po? Knackig ist der ja nicht gerade, eher wabbelig, würde ich meinen.«

»Das ist die Galatea«, erklärte ich und war ziemlich stolz auf mein Wissen.

»Die Galatea ist das? Interessant. Und weiter?«

»Mehr weiß ich nicht«, gestand ich.

Mischa rückte das gehäkelte Mützchen gerade.

Hier siehst du, Bille, die berühmte
1890 von Otto Rieth geschaffene Statue
Der Galatea, die schön wie frischer Schnee
und ebenso weiß
In Auftrag gegeben nach Königin Olgas Geheiß
Aus Stein gehauen nach dem Modell
Einer Schusterstochter mit Haaren sehr hell
Die Stuttgarter waren nicht froh
Wollten bedecken die Blöße mit Stroh
Doch Olga droht: Von unten, ihr Stuttgarter,
seht ihr nur's Gesicht
Seid froh, sie zeigt den nackten Po euch nicht

Ich riss die Augen auf und wollte gar nicht glauben, was Mischa da herunterleierte. Als er mit dramatisch ausgestrecktem Arm näher kam, fragte ich: »Wie kannst du mich dermaßen aufs Glatteis führen? Woher weißt du denn –«

»Mann, das war voll fresh«, sagte ein Mädchen ehrfürchtig. »Wo hast du denn so geil rappen gelernt?«

Mensch, ich hätte mich ohrfeigen können! Das weite braune Shirt, die Großraumhose, das gehäkelte Mützchen, der Singsang – Mischa war ein Rapper.

Aber nicht nur das. Er wusste über eine Statue Bescheid, an der ich seit dreizehn Jahren vorbeikam und über die ich noch nie nachgedacht hatte. Er hatte mal einen Schnuppertag im Krankenhaus verbracht, weil er vielleicht Arzt werden wollte. Was hatte er denn noch auf Lager?

»Sag schon«, drängte das Mädchen. »Hast du dir das Rappen selbst beigebracht? Muss voll schwer sein, was?«

»Easy ist es nicht«, bestätigte Mischa. »Aber du kannst in einen Kurs gehen. Montags im Literaturhaus. Adresse findest du im Internet.« Er legte locker den Arm um mich und hob die Hand, um das Mädchen zu stoppen, das noch etwas wissen wollte. »Nerv nicht. Kannst ja gleich ins Literaturhaus gehen und fragen, klar?«

»Mann, wo finde ich das?«

Mischa musterte sie, als wäre sie ein ekliges Insekt. »Frag im I-Punkt am Bahnhof nach der Adresse. Musst noch einiges lernen, kommst wohl vom Land, was?«

»Warum bist du so fies zu der Kleinen?«, wollte ich wissen.

Mischa zog mich weiter. »Ich lasse mich ungern von einer Unbekannten bequatschen. Außerdem hasse ich Leute, die nichts wissen und nichts können.«

»Eingebildet bist du ja nicht.« Ich lachte. »Hey, Mischa, stell dich mal auf die Zehenspitzen und dreh eine Pirouette!«

»Hilfe!«

»Siehst du? Du kannst auch nicht alles.«

Auf der anderen Straßenseite befindet sich der »Pinguin«. Pinguine lieben Eis, deshalb hat der Besitzer der Eisdiele den Namen gewählt, vermute ich. An diesem warmen Spätsommertag standen jede Menge Leute davor, aßen Eis oder tranken einen Cappuccino. Ich wollte nach Hause und schüttelte den Kopf, als Mischa stehen blieb. »Gut, dann eben nicht jetzt, sondern später«, meinte er und folgte mir um die Ecke.

»Später?«

»Klar. Jetzt begleite ich dich, später begleitest du mich.«

»Das hättest du wohl gerne, was? Volle Täuschung, Mischa.«

Um einen weiteren Punkt zu landen, zeigte ich auf das Schild. »Gerokstaffel« stand da und zufällig wusste ich genau, wer dieser Gerok gewesen war. »Sagt dir Gerok etwas?«, fragte ich harmlos. Wieder rückte Mischa sein Mützchen gerade.

Ich weiß ganz genau, dass ich es sagen soll
Der Hofprediger und Dichter Gerok war toll
Ab von der Bühne trat er achtzehnhundertneunzig
Aber ich bin noch da und habe den Ausblick
Dich zu sehen und deine Haut zu riechen
Und dich am Ende der Straße
in meine Arme zu schließen

»Mensch, du weißt ja wirklich viel! Wie kommt das? Arbeitest du als Fremdenführer? Lass hören, Mischa!«

»Später.«

»Warum nicht jetzt?«

»Weil ich mit dir zusammen sein will. Einfach so. Sag mal, seit wann tanzt du?«

Diese Frage war ja jetzt wohl das Letzte! »Was,

ich soll dir von mir erzählen und du baust Geheimnisse um dich auf? Da mache ich nicht mit.«

Mischa lachte. »Ich wäre wahnsinnig enttäuscht von dir, Bille, wenn ich dich hätte hereinlegen können!«

Wir standen vor unserem Haus. Mischa schlang ganz selbstverständlich die Arme um mich. »Morgen? Gleiche Zeit, gleicher Ort?«, fragte er leise.

Bevor ich wusste, was ich tat, nickte ich. Mischas Gesicht kam näher und näher. »Mensch, Bille«, flüsterte er. Mein Herz legte mindestens drei Gänge zu.

»Hey! Ihr!«

Skateboard unterm Arm, Hose zerrissen, dreckig vom Wald – mein Bruder.

Wir fuhren auseinander.

»Bis morgen, ja?«, sagte Mischa leise. »Tschüss, Bille.«

»Ja. Bis morgen«, flüsterte ich, obwohl ich genau wusste, wie elend schwer es sein würde, die Verabredung einzuhalten. »Bis morgen, Mischa!«

Drei Schritte weiter drehte er sich noch einmal um.

Du bist wie 'ne Droge, du machst mich süchtig
Wenn du nicht bei mir bist, bin ich nicht glücklich

Joschy tippte sich an die Stirn. »Volle Kanne doof. Findest du den vielleicht gut?«

Abends:

Stürmisch auffrischender Wind!

Ich steckte das verschwitzte Trikot und die Stulpen in die Waschmaschine. Dann wickelte ich meinen Talisman aus dem Taschentuch und befestigte die Kette am Handgelenk. Beim Tanzen trägt man keinen Schmuck, denn er ist hinderlich. Aber abgesehen von den Trainingsstunden würde ich den »Springenden Fisch« nie ablegen, das schwor ich mir und machte mich auf die Suche nach dem roten Ledersäckchen, in dem ihn meine Mutter aufbewahrt hatte.

Ich zog die Schublade auf. Das Säckchen war nicht viel größer als eine Pillendose und lag auf einem Foto, einem alten, kleinen, so einem, das gezackte Ränder hat. Zwei lachende Mädchen waren darauf zu sehen, eines davon war meine Mutter, das andere war nur undeutlich zu erkennen, weil der Schatten des Sonnenschirms, unter dem die beiden saßen, das Gesicht verdunkelte.

Ich machte die Schublade zu und ging zu meiner Mutter ins Atelier. »Ma, kann ich das Säckchen haben? Du weißt ja, ich muss die Kette vor dem Tanzen ablegen. Heute habe ich sie in ein Taschentuch gewickelt, aber das ist ja wohl nicht das Richtige.«

»Klar kannst du das Ledersäckchen haben«, erwiderte meine Mutter. »Ich wasche nur noch schnell den Pinsel aus ... Wie findest du die Farben? Das Bild ist noch nicht fertig.«

»Ich mag das Rot und das Orange – aber warum ist diese Seite so düster?«

Meine Mutter legte den Kopf schief. »Du hast recht, der Kontrast ist zu stark. Na, mal sehen, ob es mir morgen besser gelingt. Wie war der Nachmittag, Bille?«

»Wie immer. Kia und ich mussten vortanzen. Frau Bandiol hat sogar Herrn Manacz zum Zuschauen geholt. Die anderen sagten, wir würden tanzen, als hätten wir schon immer miteinander trainiert.«

»Aha.« Meine Mutter war mit den Gedanken noch immer bei ihrem Bild, aber durch Joschys Anblick vergaß sie es sofort. »Was ist denn mit dir passiert? Habt ihr einen Fuchsbau ausgeräumt?«

»Nee, wir haben nur einen Wassergraben freigeschaufelt«, beruhigte er sie und wechselte hastig das Thema. »Ma, weißt du, dass Bille einen Lover hat?«

»Joschy!«

Niemand kann fieser und herzloser sein als ein zehnjähriger Bruder, das ist mal sicher!

»Joschy, das geht dich nichts an!«

»Wenn er dich küsst, geht mich das wohl was an. Du bist meine Schwester.«

»Er hat mich nicht geküsst!«

»Aber fast. Wenn ich nicht gekommen wäre, hätte er dich geküsst. Gib's zu, Bille!«

»Petze!«

»Bille, hast du nicht gesagt, du willst dich nicht verlieben?«

»Ja, habe ich gesagt«, bestätigte ich heftig. »Ich weiß ja gar nicht, ob ich wirklich verliebt bin, Ma! Und überhaupt – das ist kein Thema, über das man mal eben so nebenbei spricht!«

Ich rannte in mein Zimmer und warf mich aufs Bett. Was für ein Schlamassel aber auch, bis Sonntag war mein Leben im Lot gewesen! Abgesehen von unbedeutenden Streitereien oder Aufregungen in der Schule natürlich. Und jetzt? Seit dem Wespenstich hatte ich keine ruhige Minute mehr!

Der Wespenstich war an allem schuld! Er war schuld, dass ich ins Krankenhaus musste, er war schuld, dass ich Mischa kennengelernt hatte, er war schuld, dass schon allein bei dem Namen »Mischa« ein Orkan, ein Wirbelsturm, ein Tornado in meinem Inneren losbrach. Einfach nur Schmetterlinge im Bauch? Von wegen!

Ich ärgerte mich, dass ich ihm nicht gesagt hatte, er solle nicht noch einmal vor dem Eingang der Schule herumlungern. Außerdem fiel mir ein, dass ich morgen wieder Hausaufgaben aufhatte. Wann um alles in der Welt sollte ich die machen?

Das Komische war, dass ich mich trotz all der Sorgen auf den kommenden Tag freute. Ich berührte meinen Talisman und dachte: Irgendwie wird es schon gehen.

Dienstag:

Wirbelsturm

Und tatsächlich: Es ging.

Als hätte er meine Gedanken gelesen, wartete Mischa am nächsten Tag auf der gegenüberliegenden Straßenseite. Ganz selbstverständlich griff er nach meiner Hand. Wir gingen zur Eugenstaffel und hoch bis zu der bemoosten steinernen Bank.

Ein Marienkäferchen ließ sich von der Sonne wärmen, es krabbelte auf meinen Finger: »Sieh mal, ein Glücksbringer!«

Wir schwiegen. Plötzlich sagte Mischa:

Du bist meine Droge, du machst mich süchtig
Du und ich zusammen, das macht uns glücklich

Ich legte meinen Kopf an seine Schulter. »Leider weiß ich fast nichts von dir.«

»Ist das wichtig?«

»Hör mal!«, rief ich. »Natürlich ist das wichtig!«

»Was willst du wissen?«

»Alles. Wo wohnst du, in welche Schule gehst du – eben alles.«

»Oh!«

»Fang schon an!«

Mischa legte den Kopf schief. »Soll ich rappen?«

»Lieber nicht. Sag alles in einfachen Worten.«

»Gut. Also ich wohne mit meiner Familie in Plieningen. Meine Eltern haben eine gemeinsame Arztpraxis, ich habe einen älteren und einen jüngeren Bruder – wie du unschwer erkennen kannst, bin ich das mittlere Kind –, wir gehen alle ins Heidehofgymnasium.«

»In welche Klasse gehst du?«

»In die neunte. Und du?«

»In die siebte im Katharinenstift. Warum bist du ein Rapper?«

»Zum Rap bin ich gekommen, weil ich einen Freund habe, der das ziemlich gut kann. Er tritt sogar auf, ich mache das nur zum Spaß. So richtig kann ich es auch nicht, man muss sich nämlich echt gut auskennen in der Musik und so. Außerdem ärgere ich damit meine Eltern.«

»Willst du sie denn ärgern?«, fragte ich erstaunt.

Mischa zuckte die Schultern. »Klar. Alles, was mit meiner Musik und meinen Klamotten zusammenhängt, finden sie schlecht. Ein Sohn, der ein bisschen ausflippt, passt nicht in ihr Bild: ›Nur nicht aus der Reihe tanzen‹, das ist ihr Motto. – Warum tanzt du, Bille?«

»Nicht, um meine Eltern zu ärgern«, antwortete ich wie aus der Pistole geschossen. »Im Gegenteil, sie stehen voll hinter mir. Ballett, ich meine das Tanzen, macht Spaß. Ich kann es ganz gut, und wenn ich feststelle, dass ich es besser und immer besser kann, freut es mich. – Gut, warum tanze ich eigentlich …? Es gehört zu mir, ich würde es nie aufgeben.« Ich runzelte die Stirn und wiederholte: »Nein, freiwillig würde ich es nie aufgeben.« Der Marienkäfer saß noch immer auf meinem Finger. »Wie kommt es, dass du dich in Stuttgart so gut auskennst?« Ich zeigte mit dem Daumen hinter mich. »Die Galatea kanntest du, du weißt, wer Gerok war – mit diesem Wissen ärgerst du doch deine Eltern garantiert nicht, Mischa.«

»Stuttgarts Geschichte ist ein Hobby von meinem Großvater: Stuttgart, Stuttgart über alles! Er hat meine Brüder und mich mitgeschleift, sobald wir laufen konnten. Allerdings waren das voll coole Ausflüge. Erstens hat er aus jeder Geschichte eine klasse Abenteuerstory gebastelt und zweitens sind wir immer eingekehrt und durften uns alles das zum Essen bestellen, was unsere Eltern garantiert verboten hätten, zum Beispiel –«

»Pommes mit Ketchup!«

»Genau!«

Wir lachten uns an.

»Und du willst Arzt werden wie deine Eltern?«

»Vielleicht. Keine Ahnung. Ich bin erst am Anfang einer Testphase. Willst du Tänzerin werden, weil deine Eltern tanzten?«

»Himmel, nein! Meine Mutter tanzte, aber sie hat aufgehört, als sie meinen Vater geheiratet hat. Früher muss sie gut gewesen sein, aber sie hat es dann eben sein lassen …«

»Warum?«

»Eigentlich habe ich keine Ahnung, warum sie

genau aufgehört hat. Darüber redet sie nicht gern. Sie sagt einfach: ›Tja, dann habe ich deinen Vater kennengelernt und die Ballettschuhe an den Nagel gehängt.‹ Wahrscheinlich war es auch so. Aber weißt du, Mischa, ich meine, nur wegen einem Mann hört man nicht auf zu tanzen. Nicht, wenn es einem wirklich wichtig ist. Na, vielleicht war ihr mein Vater tatsächlich wichtiger als das Ballett. Aber für mich – «, ich bewegte die Zehen in den offenen Sandalen, »... gibt es nichts Wichtigeres.«

»Schade. Kannst du da nicht eine kleine, eine winzig kleine Ausnahme machen?«

»Ich verstehe nicht«, stotterte ich. »Was für eine Ausnahme denn? An was denkst du?«

»An mich«, antwortete Mischa. »Ich wäre sehr gerne die Ausnahme.«

»Blödmann.« Ich knabberte an meinem Daumen. Ich knabbere immer am Daumen, wenn ich mich in die Enge getrieben fühle und nicht weiß, was ich tun oder sagen soll.

»Mein Großvater«, sagte Mischa leise und streichelte den Marienkäfer auf meinem Finger, »mein Großvater empfiehlt in schwierigen Fällen immer eine Testphase.«

»Ich habe so wenig Zeit: vormittags Schule, nachmittags Training, abends Hausaufgaben – wie soll ich das machen? Ich hab ja nicht mal Zeit für meine Freundinnen. Niemand lädt mich mehr zum Geburtstag ein, niemand fragt mehr, ob ich mitgehen will ins Kino, niemand holt mich mehr ab, wenn in der Stadt etwas Besonderes los ist.«

»Warum denn nicht?« Mischa schaute mich aufrichtig entsetzt an. »Das ist doch abartig. Kumpels sind wichtig, Kumpels bringen dir was bei, Kumpels verstehen dich besser als deine Eltern – also ohne meine Kumpels wäre ich voll von der Leine.«

»Deine Kumpels würden dich ein Mal fragen, sie würden dich vielleicht sogar ein zweites Mal fragen – aber dann hätten sie die Botschaft verstanden und würden dich nicht mehr fragen, stimmt's? Siehst du. Meine Freundinnen wissen, dass ich von Montag bis einschließlich Samstag trainiere. Und Sonntag ist Sonntag.«

»Macht dir das denn nichts aus?«

Zum ersten Mal dachte ich darüber nach, ob mir die fehlenden Einladungen etwas ausmachten. »Nein. Das Tanzen ist mir wichtiger.«

Mischa malte mit der Fußspitze Kringel in den Sand. »Bille, ein bisschen Zeit wirst du doch noch für mich übrig haben. Bitte!« Plötzlich lachte er auf. »Bei uns im Klo hängt ein Abreißkalender. ›Täglich ein kluger Spruch und das Leben frisst dir aus der Hand‹ ist das Motto. Die Weisheit für den heutigen Tag lautet: ›Wo ein Wille ist, ist auch ein Weg.‹«

»Ich weiß aber gar nicht, ob ich will.«

»Versuch es, Bille!«

Ich war hin- und hergerissen. Nur zu genau wusste ich, dass ich wirklich keine Zeit – genauer: nicht genug Zeit für Mischa hatte. Nein, Mischa war nichts für mich.

Ich holte tief Luft, schaute auf und ihm in die Augen. Der Wirbelsturm in meinem Bauch tobte, mein Herz klopfte irrsinnig. »Also gut«, hörte ich mich flüstern. »Die Testphase läuft.«

Wir tauschten noch schnell die Stundenpläne aus, verabredeten uns für morgen und dann – Joschy war weit und breit nicht zu sehen! – küssten wir uns.

Es waren meine ersten Küsse und – sie schmeckten nach »Fortsetzung folgt«.

Mittwoch:

Ein Hoch namens Mischa

Unser Englischlehrer heißt Hornikel, Heinz Hornikel. Er ist nicht fies, er labert nicht, er ist kein berufsmäßiger Gutmensch, er ist auch nicht cool – er ist einfach ein scharfer Hund. Niemand in unserer Klasse lernt Englisch, weil es ihm Spaß macht. Wir büffeln die Vokabeln, die Grammatik und was sonst noch dazugehört, weil Hornikel andernfalls den Höllenhund spielt.

Auf Bertram hatte er es von Anfang an abgesehen.

Wenn Bertram eine Regel nicht auf Anhieb wusste, schaute er ihn durchdringend an und sagte: »Ich gebe dir einen Tipp, Junge: Denke!«

Heute, am dritten Tag nach den großen Ferien, ließ Hornikel einen Vokabeltest schreiben – das muss man sich mal vorstellen: am dritten Tag! Damit hatte natürlich niemand gerechnet. Die einzig mögliche Erklärung dafür war, dass er während der Ferien noch schärfer geworden war. Jedenfalls, Bertram hatte nichts gelernt, er schielte zu Kia aufs Blatt und wurde prompt dabei erwischt.

»Mein Freund«, sagte Hornikel und nahm ihm das Blatt weg, »mein Freund, ich sage dir, dich habe ich zum letzten Mal beim Abschreiben erwischt.«

»Gütiger Himmel«, flüsterte Bertram. »Das hoffe ich auch.«

»Dann sind wir uns ja ausnahmsweise einmal einig«, sagte Hornikel und bellte die nächste Vokabel durchs Klassenzimmer.

Jeder von uns sehnte das Ende der Stunde herbei, Isabel und ich taten das auch. Wir schreiben normalerweise beide gute Noten, wirklich, aber Hornikel verbreitet einfach Angst und Schrecken.

»Kia, wie ist es dir ergangen?«, fragte Isabel gleich.

»Oh, gut, ich wusste alles. Aber Bertram hat Pech gehabt. Das tut mir so leid.«

»Sch... Hornikel!« Bertram warf das Englischbuch mit Wucht in die Ecke. »Was soll ich machen? Hab heute vom Schicksal voll eingeschenkt bekommen.«

Jetzt war Bertram geknickt – aber in der großen Pause bekam er den K.-o.-Schlag. Angelina berichtete nämlich, dass sie sich gestern mit ihm verabredet hatte. »Es war das erste Mal«, erzählte sie empört, »aber ich sage euch, seid nicht so blöd wie ich! Lasst euch von dem Typ da nie, nie, niemals zum Eis oder zur Latte macchiato einladen – ihr müsst dann nämlich selbst bezahlen!«

»Bin zurzeit eben knapp bei Kasse«, erklärte er.

»O. k., einen Engpass kann jeder mal haben – aber in so einem Fall spricht man keine Einladung aus, du Blödmann!«, fauchte Angelina. »Und noch etwas musst du lernen, Bertram! Wenn du ein Mädchen küssen willst, heißt das nicht, dass du ihr die

Zunge bis in den Magen hinunterstrecken sollst! Mann, was bist du nur für ein Loser!«

Kia hatte schweigend zugehört. »Geht ihr immer so unhöflich miteinander um?«, fragte sie, als Bertram fluchtartig das Weite gesucht hatte.

»Bei Bertram geht es nicht anders«, antwortete Angelina. »Der hat einen Holzkopf.«

»Einen Holzkopf«, wiederholte Kia leise. »Das ist jemand, der schwer lernt, ja?«

»Schwer?« Angelina lachte. »Einer, der einen Holzkopf hat, lernt sehr, sehr schwer.«

»Das ist nicht richtig von dir«, sagte Kia plötzlich. »Ich finde, du solltest netter sein zu Bertram. Vielleicht konnte er gestern nichts lernen, weil er mir Stuttgart bei Nacht gezeigt hat. Da war er sehr nett zu mir.«

»Waaas?«, schrie Angelina auf. »Zuerst hat er sich mit mir getroffen und danach ist er noch mit dir losgezogen? Das ist ja wohl die Höhe! Hat er dich etwa eingeladen? Hat er dir was bezahlt?«

»Natürlich. Wir haben Cola getrunken.«

»Wer hat die bezahlt?« Angelina konnte sich kaum beruhigen. »Du vielleicht?«

»Nein, er hat mich eingeladen«, antwortete Kia ruhig, als sei das das Selbstverständlichste von der Welt.

Angelina platzte fast vor Zorn. »Ich krieg die Krise! Den Kerl schnappe ich mir!« Sie rannte weg, kam zurück. »Hat er auch versucht, dich zu küssen? Ich meine, vielleicht hat er bei mir ja nur geübt, der Loser?!«

Kia strich sich die Haare hinters Ohr. »Ich lasse mich nicht einfach so küssen.«

Wow! Ich schluckte. Kia hatte so gesprochen, dass man ihr jedes Wort glaubte. Sehr aufrecht schritt sie nach dem Läuten ins Schulhaus, setzte sich und unterhielt sich ruhig wie immer mit Bertram.

Nach der sechsten Stunde, um ein Uhr, wollten wir eigentlich gemeinsam ins Internat gehen. Daraus wurde aber nichts.

»Hey! Hallo! Da bist du ja endlich!«

»Mischa!«

Er nahm mich in die Arme, für wenige Sekunden vergaß ich alles um mich herum, und als ich wieder klar denken und sehen konnte, war Kia verschwunden. Ich war viel zu glücklich, um darüber nachzudenken.

Hand in Hand bummelten wir zum See vor der Oper und schauten den Enten zu, die von Passanten gefüttert wurden.

»Du hast bestimmt Hunger«, stellte Mischa fest und öffnete seinen Rucksack. »Ich habe an alles gedacht.« Er stellte zwei Dosen Cola und einen Pappteller mit einem Riesenstück Pizza auf das Mäuerchen, das den See begrenzt, und zog mich herunter. »Die Hälfte ist für dich.«

»Ich will nichts.«

»Komm schon.«

Es war ein so warmer, sonniger Tag, das Wasser glitzerte, ich saß neben Mischa, freute mich wahnsinnig – und hatte im Handumdrehen mein Pizzateil verschlungen.

Ich bemerkte gar nicht, wie die Zeit verging, und als ich es endlich merkte, war es fünf vor zwei.

Fünf vor zwei! Wir rasten wie die Wahnsinnigen in die Urbanstraße. Als wir dort ankamen, war es sieben nach zwei.

»Ein Abschiedskuss muss sein«, japste Mischa. »Weil wir uns heute nicht mehr sehen, Bille.«

Danach war es zehn nach zwei. Als ich in den Übungssaal platzte, verschwitzt und außer Atem, war es das erste Mal, dass ich zu spät gekommen war.

Man kommt aber nicht zu spät!

Frau Bandiol sagte nichts, nickte mir auch nicht zu, verlangte keine Entschuldigung. Hier ist es nicht wie in der Schule. Der Unterricht ist freiwillig und, was noch schwerer wiegt, er ist eine Auszeichnung. Wer das nicht begreift, hat hier nichts verloren.

Mit zitternden Händen und Beinen stand ich an der Stange, ganz ohne vorherige Dehnübungen. Ich konzentrierte mich, atmete tief durch – und absolvierte die Übungen so perfekt wie nie zuvor. Meine Füße berührten kaum den Boden, mir war, als schwebte ich. Die schwierigsten Übungen gelangen mir auf Anhieb, ich bewegte mich in Übereinstimmung mit der Musik, hatte die absolute Balance.

Ich war glücklich.

Ich war so gut, dass Frau Bandiol mir mehrmals zunickte: Mehr Lob ist nicht möglich.

Mischa, sang ich im Stillen, Mischa, ich bin glücklich!

In der Pause wischte ich mir mit dem Handtuch das Gesicht und die Arme ab.

»Mensch, Bille, was ist heute los mit dir?«, wollte Mayuka wissen. »Warum bist du so gut? Du tanzt viel besser als sonst und außerdem siehst du fantastisch aus.«

Randa war wie immer so richtig fies. »Bille, du bist zu spät gekommen. Ich wette, du hast dir in der Apotheke etwas besorgt. Das ist aber verboten!«

Meine »Arznei« bekommt man in keiner Apotheke – sie heißt Mischa und ist süß!

Das sagte ich natürlich nicht. Ich lachte nur. »Ist der Tag nicht herrlich? Und überhaupt ...«

Kia zwinkerte mir zu und deutete auf meinen Arm. »Du solltest die Kette abnehmen.«

Himmel, die hatte ich in der Eile komplett vergessen! Komisch, dass Frau Bandiol das nicht bemerkt hatte. Ich öffnete rasch den Verschluss und ließ den »Springenden Fisch« in die Tasche gleiten. Ihn in das Säckchen zu legen, war nicht mehr möglich, denn Frau Bandiol kam bereits zurück.

Um fünf, als ich mich nach dem Duschen anzog, flüsterte Kia mir zu: »Er ist sehr nett. Hast du noch einen Augenblick Zeit?«

»Klar. Ich muss dir übrigens auch was sagen.«

In ihrem Zimmer setzten wir uns auf die Schreibplatte vor dem Fenster.

»Meine Mutter meint, du kannst jederzeit zu uns kommen, Kia, und du kannst an den Wochenenden in unserem Gästezimmer schlafen, wenn du möchtest. Fürs Deutschlernen, hat sie gesagt, sei es am besten, du würdest viel lesen. Ich weiß aber nicht, was du gerne liest.«

»Ich lese alles«, antwortete Kia. »Am liebsten Bücher über Ballett, Reisen, Schule und das Leben in Deutschland.«

»Davon habe ich jede Menge. Morgen bringe ich dir welche mit, ja?«

»Vielen Dank, das ist sehr nett von dir. Bitte richte auch deiner Mutter meinen Dank aus«, sagte sie in ihrem altmodischen Deutsch. »Du hast einen interessanten Schmuck. Dürfte ich ihn wohl betrachten?«

Ich grinste. »Klar kannst du ihn sehen. Wo habe ich ihn nur? Ach ja ... hier ist er.«

Kia strich mit den Fingerspitzen über die Schuppen, drehte den Fisch hin und her und beugte sich ans Licht. »Schau nur, Bille, der Fisch kommt aus China. Siehst du die Schriftzeichen?«

»O Gott, sind die winzig. Was sagen sie denn?«

»Der Fisch ist kein gewöhnlicher Anhänger für eine gewöhnliche Kette«, erklärte Kia ernst. »Er ist ein Glücksbringer und die Zeichen bedeuten: Glück, Erfolg und ein langes Leben.«

»Wow, das muss ich meiner Mutter sagen. Vielleicht weiß sie das gar nicht? Sie hat den Fisch nämlich von einer Freundin geschenkt bekommen.«

»Wurde der Fisch in Deutschland erworben?«

»Keine Ahnung. Warum? Ist das wichtig?«

Kia nickte. »Bei uns ist der ›Springende Fisch‹ ein derart mächtiger Talisman, dass man ihn nicht einfach so verschenkt. Man überreicht ihn einer Person, die einem sehr nahesteht und viel bedeutet: Eine Mutter gibt ihn der Tochter, ein Vater dem Sohn, ein Mann seiner Frau, ein Mädchen ihrer Schwester oder der Freundin, die ihr so viel bedeutet wie eine Schwester. Verstehst du – dieser Talisman ist etwas Besonderes.« Sie zögerte und fügte hinzu: »Er hat große Kräfte.«

»Wirklich? Woher weißt du das?«

Kia hob die Schultern. »Bei uns weiß das jeder.« Sie legte den Fisch auf die Handfläche und hielt ihn ans Licht. Jede einzelne Schuppe glänzte und glitzerte; das Tier schien alle Muskeln anzuspannen, gerade so, als wolle es in diesem Augenblick losspringen. »Meine Großmutter erzählte mir einmal, sie habe ihrer Tochter, also meiner Mutter, einen ›Springenden Fisch‹ geschenkt. Meine Mutter hat mir aber einen anderen Talisman geschenkt, einen kleinen Korallenzweig. Bille …«, sie gab mir die Kette zurück, »du musst deine Mutter fragen, woher ihn die Freundin hatte.«

»Mache ich. Aber ist das denn wichtig?«, fragte ich neugierig.

»Es ist sehr wichtig. Wenn ihn die Freundin in einem deutschen Geschäft gekauft hat, weil sie ihn hübsch fand, ist das in Ordnung. Wenn sie aber wusste, welche Kraft in ihm steckt, ist das eine ganz andere Sache.«

»Ich verstehe das alles nicht«, meinte ich verwirrt. »Aber wenn du willst, frage ich meine Mutter, ist doch klar.« Ich glitt von der Platte. »Du, ich muss los! Tschüss! Bis morgen!«

Kia legte ihre Hand auf meinen Arm. »Noch etwas musst du wissen, Bille«, sagte sie ernst. »Wenn du den ›Springenden Fisch‹ verlierst, ist das ein großes Unglück. Es bedeutet, dass dich das Glück verlassen hat.«

»Wie schrecklich! Aber was ist, wenn er mir geklaut wird?«

»Geklaut?« Kia runzelte die Stirn. »Dieses Wort kenne ich nicht.«

»Geklaut? Das heißt gestohlen.«

»Oh, gestohlen!« Kia riss die Augen weit auf. »Daran darfst du nicht einmal denken!«

»Warum denn nicht? So was kommt vor.«

Kia öffnete das Fenster und bewegte die Hände so, als würde sie das schlimme Wort ins Freie befördern. Dann schloss sie das Fenster mit Nachdruck. »Das ist so, als würde dir jemand ein großes Unglück an… an…, wie heißt das? Anwünschen?«

»Anhexen«, sagte ich und fühlte eine Gänsehaut an meinem Hals und im Rücken.

»Genau. Es ist ein böser Fluch.«

»Kia, du übertreibst!«, rief ich. »Ich verspreche dir aber, gut auf meinen Talisman achtzugeben.«

Ich eilte nach Hause und platzte ins Atelier meiner Mutter.

»Ma, wie hieß die Freundin, die dir den ›Springenden Fisch‹ geschenkt hat?«

»Bille!«, rief sie überrascht. »Warum willst du das denn plötzlich so dringend wissen?«

»Kia sagt, es ist wichtig – erinnerst du dich noch an diese Freundin von damals?«

»Kaum. Es ist lange her.«

»Bitte denk nach, Ma!«

»Sie hieß … warte, ich glaube, sie hieß Lia oder Lisa. Ich weiß es nicht mehr genau. Wir haben uns längst aus den Augen verloren.«

Meiner Mutter war das Thema unangenehm, das sah ein Blinder. Klar, dass ich nun erst recht neugierig wurde. »Habt ihr euch gestritten?«

Meine Mutter schüttelte den Kopf. »Wir waren in derselben Ballettschule«, sagte sie, ohne auf meine Frage einzugehen. »Später ist sie weggezogen, ich habe deinen Vater kennengelernt, wir haben geheiratet und den Rest kennst du.« Meine Mutter wusch ihre Pinsel so heftig aus, dass das farbige Wasser in alle Richtungen spritzte. »Bist du nun zufrieden?«

Ich war überhaupt nicht zufrieden, aber ich kannte meine Mutter und wusste, dass sie keine weiteren Fragen beantworten würde.

»Hast du deine Hausaufgaben schon gemacht?«, wollte sie wissen.

»Ma, ich komme doch gerade erst nach Hause!«, rief ich. »Reg dich nicht auf, ich geh ja. Bin schon weg.«

Bevor ich die Tür hinter mir zumachte, streckte ich den Kopf aber doch noch mal herein. »Gibt es da ein Geheimnis, Ma?«

»Bille, du nervst! Mach endlich deine Hausaufgaben und vergiss nicht, dein Trikot in die Waschmaschine zu stecken!«

Aha, da gab es also wirklich ein Geheimnis,

dachte ich und fragte: »Warum verrätst du es mir nicht? Ist es ein schlimmes Geheimnis?«

Statt einer Antwort warf meine Mutter eine Farbtube nach mir. Wow – hinter *das* Geheimnis würde ich kommen, schwor ich mir.

Freitag:

Dunkle Wolken ziehen auf

Am Freitag bekamen wir den Vokabeltest zurück. Isabel, Kia und ich hatten eine Eins, Bertram, wie konnte es anders sein, eine Sechs. Wir dachten alle, jetzt, nach dem großen Schreck, macht Hornikel mindestens eine Woche Pause. Falsch gedacht. Am Freitag verteilte er Blätter und verkündete: »Euch werd ich das süße Nichtstun schon austreiben. Grammatiktest – füllt die Leerstellen aus. Ich gebe euch zehn Minuten.«

Weil ich am Donnerstag mit Mischa zusammen war, hatte ich nichts, aber auch gar nichts gelernt. Hilflos starrte ich auf die Leerstellen. Isabel legte ihr Blatt so, dass ich locker an ihrem Wissen hätte teilhaben können, aber Hornikel hatte die hinteren Bänke fest im Blick. Es wäre der helle Wahnsinn gewesen, auf Isabels Blatt zu schielen. Also blieb mir nichts anderes übrig, als die Lücken aufs Geratewohl zu füllen; genauso gut hätte ich würfeln können!

Als ich das Blatt abgab, war mir klar, dass ich eine miserable Leistung hingelegt hatte. Na ja, einmal kann man ja was verhauen, tröstete ich mich.

Einmal, ja. In der dritten Stunde hatten wir Biologie. Was geschah? Als Einzige der ganzen Klasse wurde ich abgefragt – wieder wusste ich kaum etwas.

Sechste Stunde – Mathe. Ich hatte die Hausaufgaben nicht gemacht, wollte sie am Morgen von Isabel abschreiben, war spät dran gewesen und hatte deshalb nichts im Heft. Ausgerechnet an diesem Tag ging Herr Adam von Tisch zu Tisch und ließ sich die Aufgaben zeigen. »Nicht nur tanzen, auch arbeiten«, meinte er unzufrieden und malte ein fettes Minus in sein Notenbüchlein.

Schlimmer kann es an einem Tag nicht kommen, dachte ich. Volle Täuschung. Es kam noch schlimmer.

Mischa wartete vor der Schule auf mich, obwohl wir das gar nicht ausgemacht hatten.

»Hey, was machst du denn hier? Ist die letzte Stunde bei dir ausgefallen?«, fragte ich.

»Ich habe sie ausfallen lassen«, erklärte er cool. »Was bringt mir die Vergangenheit, was soll ich mit Geschichten von toten Leuten? Ich lebe jetzt!«

»Also hast du auf Geschichte verzichtet«, folgerte ich. »Was hast du gesagt? Entschuldigungsmäßig, meine ich.«

»Siehst du nicht, wie geschwollen mein Gesicht ist? Ein wütender Backenzahn schlägt aus!«

»Ich sehe nichts.«

»Du kannst auch gar nichts sehen«, bestätigte Mischa zufrieden. »Weil nichts mehr zu sehen ist.« Er zog einen kaum aufgeblasenen roten Luftballon aus der Hosentasche. »Das hier ist der Übeltäter.«

»Hast du den im Mund gehabt und den Kranken gemimt?«

»Kluges Mädchen.« Mischa zog mich an sich. »Du bist viel intelligenter als mein Geschichtslehrer. Weißt du was? Wir trinken –«

»Ich muss allerspätestens um Viertel vor zwei in der Urbanstraße sein«, erinnerte ich ihn. »Noch eine Panne an diesem Tag kann ich mir nicht leisten.«

»Panne? Hattest du eine Panne?«

»Genau genommen waren es drei.« Ich berichtete ihm von meinen Missgeschicken. In der Unterführung schaute ich zum ersten Mal auf die Uhr. Es war erst zwanzig nach eins, wir hatten also noch jede Menge Zeit.

Am Olgaeck trafen wir einen Kumpel von Mischa, der sich wunderte, dass Mischa in Blitzgeschwindigkeit wieder gesund geworden war.

»Ursache beseitigt, Problem gelöst«, sagte Mischa grinsend.

Der Kumpel glaubte ihm und wollte sogar den Namen des Zahnklempners wissen!

Ich schaute noch einmal auf die Uhr. Es war wenige Sekunden nach zwanzig nach eins. Statt mich zu wundern, freute ich mich.

Mischa und ich warteten auf das grüne Ampelmännchen, wir überquerten die Straße, und als wir an der Stadtbibliothek, die im Wilhelmspalais untergebracht ist, vorbeigingen, fragte Mischa, ob ich die Palais-Geschichte kenne.

»Ich denke, du stehst auf die Gegenwart?!«

»Klar. Soll ich sie dir zeigen?«

Ich hatte absolut nichts dagegen, und als der lange Kuss zu Ende war, wollte ich wieder auf die Uhr schauen, aber Mischa sagte: »Lass das, das macht mich nervös. Ich –«

»Moment mal, ich glaube, mit meiner Uhr stimmt was nicht. Wie spät ist es?«

Als er sagte: »Die Uhr spinnt, sie sagt zehn nach zwei«, fiel ich fast in Ohnmacht.

»Zehn nach zwei?«, schrie ich. »Ich fass es nicht! Was mache ich nur?«

»Aufs Training verzichten«, antwortete Mischa ungerührt. »Was ist schon dabei, wenn du ein einziges Mal fehlst? Davon geht doch die Welt nicht unter.«

»Hast du eine Ahnung!« Ich heulte fast. »Zu spät kommen darf ich einfach nicht – und das auch noch zwei Mal in einer einzigen Woche!« Ich rannte los.

Mein Herz hämmerte. Im Cranko-Schulgebäude raste ich an Herrn Weber vorbei die Treppen hoch, zog mich mit fliegenden Fingern um und überlegte, was ich sagen könnte. Dass die Batterie meiner Uhr ausgerechnet heute und jetzt den Geist aufgegeben hatte und ich wirklich unschuldig war, würde mir keiner glauben.

Ich schlüpfte in den Übungssaal, stellte mich an die Stange – und konnte gar nichts. Nichts, nichts, nichts. Als die Pause kam, war ich nur noch ein einziges Nervenbündel. Das Schlimmste war, dass sich mir gegenüber alle so verhielten, als ob ich eine schrecklich ansteckende Krankheit hätte. Sie ignorierten mich total. Randa spuckte noch nicht einmal einen ätzenden Spruch aus. Frau Bandiol schwieg sowieso, das hatte ich auch nicht anders erwartet.

Nur Kia reichte mir ihre Wasserflasche, aber auch sie sagte nichts.

Nach der Pause ging es mir auch nicht besser, und als Frau Bandiol um fünf das Training beendete und uns ein schönes Wochenende wünschte, standen mir die Tränen in den Augen.

»Bille, bleib noch einen Augenblick«, sagte sie dann und musterte mich kühl. »Du weißt, unzählige Mädchen warten nur auf einen Platz in unserer Schule. Überlege dir während des Wochenendes, ob du deinen Platz behalten oder aufgeben willst.«

Das war's. Ich hatte es ja geahnt.

Im Umkleideraum starrten mich meine Freundinnen groß an. »Meine Uhr ist stehen geblieben«, platzte ich heraus.

»Klar, die Welt ist untergegangen.« Randa schüttelte den Kopf. »Bille, keine von uns kann dich verstehen. Und bitte verschone uns mit einer blöden Erklärung.«

»Es ist keine blöde Erklärung«, entgegnete ich verzweifelt. »Es ist die Wahrheit. Seht doch.« Ich machte die Uhr ab und hielt sie Randa vor die Augen.

»Hm. Stimmt. Trotzdem – du kannst doch nicht so bummeln, wenn du weißt, dass du dich ab halb zwei aufwärmen musst, weil um zwei das Training beginnt.«

Ich nickte, sank auf die Bank und nestelte die Schuhbänder auf. Ich hasste meine Uhr, ich hasste die Disziplin und die Zuverlässigkeit, die man von mir forderte, ich hasste Frau Bandiol, die nicht mal eine Erklärung haben wollte, ich hasste den ganzen Tag. Mit einer Ausnahme natürlich: die kurze Zeit, die ich mit Mischa zusammen war.

Klar, über die Schule ärgerte ich mich auch, aber dass ich innerhalb einer Woche zweimal zu spät gekommen war, das brachte mich fast um den Verstand. Dass Kia nichts sagte, wurmte mich am meisten.

Mischa wartete vor dem Haus. Ich flog ihm an den Hals und hielt mich an ihm fest, bis ich mich einigermaßen beruhigt hatte.

»Nimm's locker«, versuchte er mich zu trösten, nachdem ich alles berichtet hatte. »In ein, zwei Tagen denkt niemand mehr daran.«

»Das verstehst du nicht. Die Leute beim Ballett sind anders, die vergessen nichts.«

»Du siehst viel zu schwarz, Bille. Jedem kann mal ein Missgeschick passieren, jeder hat mal einen Pechtag und jeder von uns ist auch nur ein Mensch.«

»Ach, Mischa …«

Vor einem Jahr hatte ich meiner damaligen Ballettlehrerin mein Poesiealbum gegeben. Was sie mir hineingeschrieben hatte, konnte ich auswendig. Als ich jetzt neben Mischa auf der steinernen Bank an der Eugenstaffel saß und mit den Tränen kämpfte, sagte ich es ihm vor.

Ballett ist kein Beruf für die Schwachen
und Unentschlossenen,
die Faulen,
noch ist es eine Karriere der Arroganten,
Kalten,
Plumpen.
Tanzen ist für jedermann,
Ballett aber ist die Sache der Wenigen. *

»Siehst du jetzt, was ich meine, Mischa? Wer zu den Wenigen gehören will, erlaubt sich keine Fehler.«

»Das ist unmenschlich! Wer ist denn schon perfekt?!«

Ich schwieg. Er hatte recht – aber das Fiese war, dass meine Leute vom Ballett auch recht hatten. Wie konnte ich Mischa das klarmachen?

Trotzdem brachte Mischa es fertig, mich zu trösten, und nach einiger Zeit konnte ich sogar wieder lachen.

»Weißt du was?«, sagte er. »Ich hab da einen Plan. So nach dem Motto: Wie du mir, so ich dir.«

»Wie soll der gehen?«

Mischa grinste so richtig frech und küsste mich. »Willst du, dass ich ihn dir verrate?«

»Unbedingt!«

»Versprich mir, so zu tun, als wüsstest du von nichts.«

»Versprochen. Mein Ehrenwort.«

---

*nach Ann Wooliams, erste Direktorin der Stuttgarter John Cranko-Schule

»Du hast gesagt, ihr dürftet keinen Schmuck tragen während des Trainings. Gehört eine Armbanduhr auch zum Schmuck?«

Ich dachte nach. »Nicht unbedingt.«

»Trägt Frau Bandiol eine Armbanduhr?«

»Nein, die nicht, da bin ich mir sicher. Sie braucht keine Uhr. Irgendwie weiß sie immer, wann die Übungszeit vorbei ist.«

»Fabelhaft. Könnte nicht besser sein. Wie komme ich unbemerkt ins Haus?«

»Oh, das ist so gut wie unmöglich – es sei denn, Herr Weber, das ist der Hausmeister, geht kurz raus. Dann könntest du dich reinmogeln.«

»Gut. Hat Frau Bandiol einen eigenen Umkleideraum?«

Ich stutzte. Mir dämmerte sein Plan. »Mischa, willst du etwa Frau Bandiols Uhr zurückstellen? Das ist unmöglich. Schlag dir das aus dem Kopf. Ich weiß nicht, wie viele Leute im Haus sind, aber eines ist klar: Du wirst gesehen.«

Er nickte. »Wenn du das sagst … Schade. Dann muss ich mir eben etwas anderes einfallen lassen.«

Abends:

Ein fettes Tief

Der Tag endete in einem absoluten Tief.

Meine Mutter hatte die Wochenendeinkäufe erledigt und dabei Isabels Mutter getroffen. Die beiden sind fast so gut befreundet wie Isabel und ich und natürlich unterhalten sie sich auch immer über ihre Töchter. Isabels Mutter hatte meiner Mutter vor dem Milchregal brühwarm die Neuigkeiten aus der Schule aufgetischt. Es gibt keine Mutter, die auf schlechte Nachrichten über ihren Sprössling steht – meine jedenfalls erwartete mich, um mir einen Denkzettel zu verpassen.

»Ich verstehe nicht, weshalb du plötzlich schlechte Noten bekommst«, schimpfte sie. »Natürlich weiß ich, dass du ab und zu einen Teil der Hausaufgaben von Isabel abschreibst, und solange deine Noten nicht darunter leiden, ist das auch in Ordnung, schließlich nimmt das Ballett viel Zeit in Anspruch. Aber jetzt sieht die Sache ein bisschen anders aus, Bille. Kannst du mir das erklären?«

Ich schüttelte den Kopf.

»Isabel sagt, ein Junge würde nach der Schule immer auf dich warten. Wer ist das, Bille?«

»Ma, was ist denn dabei, wenn jemand nach der

Schule auf mich wartet? Auf Isabel wartet auch jemand! Jan wartet auf sie«, verteidigte ich mich. »Was geht es Isabel an, mit wem ich mich treffe?«

»Zugegeben, Isabel geht das nichts an. Aber mich geht es sehr wohl etwas an, Bille. Also – wer ist es?«

So eine Petze! Nie hätte ich gedacht, dass ausgerechnet meine älteste und beste Freundin mich verraten würde. »Es ist der Junge aus dem Krankenhaus, Ma.«

»Das glaube ich nicht«, entgegnete meine Mutter. »Der Junge, den wir im Krankenhaus kennengelernt haben, sah sehr ordentlich aus. Isabel sagt –«

»Isabel hat keine Ahnung. Sie soll sich gefälligst um ihren Jan kümmern und ihre Nase nicht in meine Angelegenheiten stecken.«

»Es gibt keinen Jan mehr«, sagte meine Mutter. Voll cool sagte sie das. »Und es wäre für dich nur gut, wenn es auch für dich keinen Jan gäbe – oder wie immer dieser Rapper heißen mag.«

Ich riss die Augen auf. »Sag bloß, Isabel und Jan haben sich gestritten? Wann denn?«

»Keine Ahnung. Das betrifft mich nicht; mir geht es einzig und allein um dich.«

»O. k. Ich verstehe. Weil Isabel jetzt loverlos ist, erträgt sie nicht, dass ich ...« Ich biss mir auf die Zunge. Zu spät. Ich hatte mich ins Unglück geredet.

»Du gibst also zu, dass du dich mit diesem Jungen triffst?«

»Warum nicht?«, entgegnete ich trotzig.

»Bille, erst am Sonntag hast du gesagt, dass du

nur das Ballett liebst. Hast du deine Meinung so schnell geändert?«

»Warum nicht?«, wiederholte ich und hoffte inbrünstig, dass meine Mutter wenigstens keine Infos über mein zweimaliges Zuspätkommen erhalten hatte. »Ich habe mich eben getäuscht. Jetzt weiß ich es besser. Ich kann sowohl das Ballett als auch Mischa lieben.«

»Oh nein, *das* ist die größte Täuschung überhaupt«, sagte meine Mutter in einem Ton, wie ich ihn noch nie von ihr gehört hatte. »Glaub mir, ich weiß, wovon ich rede.« Sie regte sich so auf, dass sie ständig hin und her lief.

»Warum hast du so miese Laune?«, wollte ich wissen. »Es geht dir doch nicht nur um den Pechtag in der Schule, Ma. Dir geht es doch um etwas ganz anderes.«

»Bille!« Sie hielt mich an den Armen fest. »Ich verstehe, dass sich ein Junge in ein Mädchen, wie du es bist, verliebt. Ich weiß auch, dass du dich irgendwann verlieben wirst. Gut, nehmen wir an, du hast dich bereits verliebt. Versprich mir, dass du nicht unbesonnen handeln wirst.«

»Wie? Was meinst du? Denkst du etwa, wir würden – Ma!!! Das ist lächerlich!«

»Quatsch, Bille. Daran denke ich nicht. Ich möchte nur nicht, dass du vor lauter Verliebtsein das Ballett nicht mehr so ernst nimmst, wie du solltest.«

Ich fühlte, wie ich rot wurde. »Versprochen«, sagte ich leise.

An diesem Abend hatte ich einfach keine Lust, Hausaufgaben nachzumachen oder englische Grammatik zu büffeln. Und im trauten Familienkreis vor dem Fernseher herumzuhocken, dazu hatte ich noch weniger Lust. Nicht dass wir eine Gaffer-Familie wären. Meine Eltern gehen oft aus, Joschy schaut nur Tiersendungen an und ich muss abends sowieso lernen. Aber ausgerechnet am Abend des schwarzen Freitags waren wir vollzählig.

Also verkrümelte ich mich schnellstens mit einem meiner Lieblingsbücher ins Bett. Später hörte ich, wie O-Lore mit ihrem kleinen Flitzer vorfuhr – Freitagabend war ihr Tanzstundenabend. Dann hörte ich, wie sie Walzer summend über die Terrasse in unser Wohnzimmer und nicht in ihre Wohnung ging. Das macht sie oft so, denn nach dem Tanzen ist sie immer sehr aufgekratzt.

Später ging Joschy in sein Zimmer, kurz darauf knarrte die Treppe und jemand klopfte an meine Tür.

Wenn Ma alles meinem Vater erzählt hat und er mir auch noch eine Standpauke halten will, dann krieg ich die Krise, dachte ich, knipste blitzschnell die Nachttischlampe aus, kroch unter die Decke und stellte mich schlafend.

»Bille, das war ein mieses Timing«, flüsterte O-Lore. »Ich habe das Licht unterm Türspalt gesehen. Darf ich reinkommen oder willst du den schlummernden Engel spielen? Ich weiß, dass du nicht schläfst.«

Ich schaltete das Licht wieder an »O.k. Komm rein, O-Lore.«

Sie setzte sich auf mein Bett und berührte die Birne. »Heiß.«

Ich grinste. Meine Großmutter ist cool, der kann man nichts vormachen. Außerdem ist sie ziemlich schlank und sehr schick. Weißhaarig? Keine Spur, sie lässt sich die Haare blond färben, weil das jugendlich aussieht, benützt ein tolles Parfüm, und an diesem Abend trug sie ein leichtes buntes Sommerkleid. Sie schaute sich in meinem Zimmer um.

»Es gefällt mir bei dir, Bille. Es ist ein richtig schickes Mädchenzimmer. Hell und nicht vollgerümpelt.« Sie strich mir übers Haar. »Das war heute kein Glückstag für dich, was?«

»Das kannst du laut sagen. Ein schwarzer Freitag war das.« Bevor ich wusste, was ich tat, berichtete ich ihr alles: die Misserfolge in der Schule und das Zuspätkommen, weil die Batterie in meiner Uhr alle war. Auch was Frau Bandiol zu mir gesagt hatte, ließ ich nicht aus.

O-Lore meinte schließlich: »Hm. Das war ziemlich viel auf einmal. Wie kommst du nun aus dem Schlamassel wieder raus?«

»Ich weiß es nicht. Ich habe so wenig Zeit. Kaum treffe ich Mischa, müssen wir uns schon wieder trennen. Aber wie soll ich es denn machen? Ich kann doch nicht die Schule schwänzen, so wie –«

»Hat er den Unterricht geschwänzt, um mit dir zusammen zu sein?«

Ich nickte.

»Oh, das ist schlecht. Dann wird er das früher oder später auch von dir erwarten.«

»Nein!«

»Ich weiß, wovon ich rede. Ich kenne die Männer.«

»Er ist noch kein Mann!«, protestierte ich.

O-Lore lachte. «Stimmt. Gerade deshalb wird er wenig Geduld haben. – Bille, hör mir mal zu.«

»Noch eine Strafpredigt? Das hat Ma bereits erledigt.«

»Keine Strafpredigt. Die hast du hinter dir. Sag mal, seit wann hast du denn dieses Armband?« Sie tippte auf den »Springenden Fisch«. »Wer hat es dir gegeben? Deine Mutter?«

»Ja. Anfang der Woche.«

»Ach nee. Sieh mal einer an … Wie alt bist du, Bille? Dreizehn?«

»Dreizehneinhalb«, korrigierte ich sie.

»Kein Wunder, dass deine Mutter ausgerastet ist, als sie von deinem Freund, diesem Mischa, hörte.«

»Wieso? Was hat Mischa mit dem Fisch zu tun?«

»Natürlich hat er nichts mit dem Fisch zu tun. Es ist nur so, dass deine Mutter ebenfalls dreizehn war, als sie ihren ersten Freund hatte. Damals war das eine Ungeheuerlichkeit, vor allem auch, weil der junge Mann ein ganzes Stück älter war als sie – ich glaube, er war siebzehn oder sogar schon achtzehn. Sie besuchte eine Ballettschule, genau wie du, sie wollte nur tanzen, genau wie du, aber dann, eines Tages, war plötzlich dieser Freund da. Deine Mutter war so verliebt, dass sie sich für nichts anderes mehr interessierte. Die Schule war ihr egal, das Tanzen war ihr egal, nur der Freund war ihr nicht egal. Dein Großvater und ich wussten nicht, wie wir sie zur Besinnung bringen sollten. Wenn sie achtzehn gewesen wäre oder zwanzig! Aber dreizehn? Wir wussten, dass diese Liebe nicht dauern konnte. Aber wir wussten auch, dass sie in der Zeit, in der sie verliebt war, vieles falsch machen konnte – vieles, was nicht wieder gutzumachen war.«

»Habt ihr da an ein Kind gedacht, O-Lore? Heute ist das doch anders, da musst du dir wirklich keine Sorgen machen. Außerdem –«

»Um ein Kind ging es eigentlich nicht. Wir fürchteten, dass sie die Schule vernachlässigt … Nein, das war es auch nicht. Wir wussten, dein Großvater und ich, dass deine Mutter das Zeug zu einer großen Tänzerin hatte.«

Ich hielt den Atem an. »Und?«

O-Lore schaute mir direkt in die Augen. »Wenn man etwas sehr gut kann, darf man sich nicht verzetteln. Man muss wissen, was einem wichtig ist, verstehst du?«

»Ja«, flüsterte ich.

»Das Problem ist nur, wenn man dreizehn ist, weiß man oft noch nicht, was man besonders gut kann. Oder man will es gar nicht wissen, weil man dann auf anderes, was auch sehr schön ist, verzichten muss.« O-Lore strich mir über die Haare. »Deine Mutter musste sich damals entscheiden. Das ist ihr nicht leichtgefallen.« O-Lore sah plötzlich sehr unglücklich aus. »Jedenfalls ist sie deshalb heute so ausgeflippt, weil sie weiß, was auf dich zukommt. Sie hat so sehr gewünscht, diese Erfahrung würde dir erspart bleiben.«

»Ich will aber nicht auf Mischa verzichten, O-Lore«, sagte ich leise.

»Das verstehe ich. Nur –«

»Nur?«

»Bille, du bist dreizehn. Du bist zum ersten Mal in deinem Leben verliebt – das ist ein wunderbares Gefühl. Nur denke daran, dass dieses Gefühl nicht von Dauer ist. Nicht sein kann. Vergiss nicht die Schule vor lauter Verliebtsein. Und vergiss nicht das Ballett. Versprichst du mir das?«

Ich schloss die Augen. »Ich versuche es.«

»Nein«, entgegnete O-Lore hart. »Das ist zu wenig. Du kennst Mischa erst seit einer knappen Woche. Das ist noch keine lange Zeit. Achte darauf, dass die Liebe nicht zu heftig wird.«

»Wie soll ich das denn machen? So was geschieht doch von alleine!«

O-Lore lachte. »Siehst du, ich bin doch schon eine sehr alte Frau. Mit dreizehn hätte ich dasselbe gesagt wie du, Bille. Trotzdem erwarte ich von meiner einzigen, klugen, intelligenten, tanzbegabten Enkelin, dass sie sich im Klaren darüber ist, was ihr wichtig ist. Versprichst du mir wenigstens das?«

»Das kann ich überhaupt nicht versprechen«, protestierte ich. »Mir ist beides wichtig: das Ballett und Mischa.«

O-Lore schaute mich lange und nachdenklich an.

»Ja, im Augenblick ist dir beides wichtig. Aber früher oder später wirst du dich entscheiden müssen, was dir am allerwichtigsten ist: das Ballett oder Mischa.« Sie seufzte. »Die Entscheidung musst du ganz alleine treffen. Hoffentlich gelingt dir das rechtzeitig.« Sie stand auf.

Bevor sie das Zimmer verließ, fragte ich noch: »Was hat das Ganze mit dem ›Springenden Fisch‹ zu tun, O-Lore?«

»Hab ich das gesagt?«

»Ja, das hast du.«

O-Lore beugte sich vor und knipste meine Nachttischlampe aus. »Deine Mutter hatte damals eine Freundin, die ihr in dieser Zeit sehr geholfen hat. Von der bekam sie später das Armband mit dem Fisch.«

»Wie hieß die Freundin?«

»Bille! Das ist eine Ewigkeit her! Ich habe den Namen schon längst vergessen. Und nun schlaf gut und träume was Schönes.«

Sie machte die Tür zu.

Laut sagte ich in die Dunkelheit hinein: »Ma behauptete auch, sie hätte den Namen vergessen. Ich glaube euch beiden nicht.«

Dann verschränkte ich die Arme unterm Kopf und sagte noch viel lauter: »Ich will mich aber nicht entscheiden müssen!!!«

Samstagmorgen:

Ein Gewitter

In dieser Nacht schlief ich nicht besonders gut. Immer wieder wachte ich auf, weil ich dachte, O-Lore sitze an meinem Bett und erwarte die Antwort. – Aber Mensch, so wie ich es sah, wusste ich die Antwort doch: Ich wollte tanzen, ich wollte in der Schule so gut sein wie bisher, ich wollte verliebt sein *und* Mischa so oft wie möglich treffen. Mehr wollte ich ja gar nicht! War das etwa zu viel verlangt?!

Am Samstagmorgen ging ich meinen Eltern aus dem Weg, nur Joschy ließ sich nicht abschütteln. »Na, hat's Zoff gegeben wegen deinem Lover? Ich sag's ja, der ist ein Loser. Schieß ihn in den Wind, Bille.«

»Halt dich da raus, Kleiner«, warnte ich ihn, aber Joschy lachte nur frech, klemmte sich sein Skateboard unter den Arm und riss die Haustür auf. »Ich denk gar nicht dran, mich da rauszuhalten. Ich hab ihm schon einmal gesagt, er soll die Fliege machen.«

»Wann hast du ihm das gesagt?«, fragte ich entsetzt.

»Als ich euch auf der Bank gesehen habe, habe ich gewartet, bis du weg warst. Dann habe ich es ihm gesagt.«

»Du hast uns beobachtet? Ich fass es nicht!«

»Warum nicht? Die Straße ist für alle da!«

»Du Miststück!«

»Selber eins!« Joschy stellte sich auf sein Board und skatete die Straße hinunter – was Ma und Pa ihm strengstens verboten hatten!

Ich war so erbost, dass ich meinem Zorn unbedingt Luft machen musste und zu Isabel rannte. Der wollte ich endlich die Meinung sagen, der Petze!

Sie lag noch im Bett und starrte mich aus verquollenen Augen an. »Bille, was willst du hier schon so früh? Ich hab noch gar keine Hausaufgaben gemacht, es gibt nichts abzuschreiben.«

»Ich will keine Hausaufgaben abschreiben, ich will wissen, warum du alles gepetzt hast: den Englischtest, die Sache mit den Mathehausaufgaben, die Abfrage in Bio. Ich dachte, du bist meine Freundin.«

»Bin ich ja auch! Ach, Bille, mir geht es ja so mies!«

»Weil dir der blöde Jan den Laufpass gegeben hat?«

»Weißt du, was er gesagt hat?«, heulte Isabel los. »Er hat gesagt, ich sei zu fett, mit einer fetten Freundin wo... wolle er ... nichts ... aber auch gar nichts ... Er war ja so gemein!«

»Du bist nicht fett!«, schrie ich sie an. »Wenn er das gesagt hat, war es nur ein Vorwand!«

»War es nicht! Wenn du wüsstest, warum er das gesagt hat!«

»Sag schon.«

»Einer aus seiner Klasse hat uns gesehen. Der hat nur so gelacht und … und … Und dann hat er mit dem Finger auf mich gezeigt und zu Jan gesagt: ›Sag mal, ist die Fette dein Ernst?‹ Das war am Donnerstag. Und dann …« Isabel schluchzte. »Dann am Freitag ist er nicht gekommen. Da dachte ich erst, er hätte unsere Verabredung vergessen.«

»Bist du etwa zu ihm hingegangen? Isabel, das darf doch nicht wahr sein!«

Isabel nickte. »Jetzt weiß ich, dass es ein Fehler war. Aber ich dachte wirklich, ihm sei was … Na ja, da hab ich geklingelt, und wie er an die Tür gekommen ist, hat er nur – Bille, er war ja so fies!«

»Was hat er gesagt?«

»Er hat gesagt, alle würden über ihn spotten. Weil ich so dick sei. Der gemeine Kerl!«

Ich griff nach ihrer Hand.

»Aber er hat mich geliebt!«, heulte Isabel. »Wirklich, das hat er nicht gespielt, das weiß ich!«

»Klar, das habe ich auch gesehen.«

»Eben. Und ich war so verliebt in ihn! Bille! Weißt du was? Ich bin immer noch verliebt! Ich vermisse ihn, ich denke immer an ihn, ich kann ihn einfach nicht vergessen!«

»Du spinnst! Du musst ihn hassen, du darfst nicht mehr an ihn denken, und wenn du ihn auf der Straße siehst, musst du so tun, als wäre er Luft.«

»Das kann ich nicht!«

»Musst du aber!«, schrie ich sie an.

Isabel schluchzte und heulte und sah fürchterlich aus.

»Was hat Jan, dieser Fiesling, mit mir zu tun?«, fragte ich nach einiger Zeit.

Sie heulte von Neuem los. »Mensch, ich war so verzweifelt und da habe ich dich und deinen Freund auf der Bank gesehen –«

»Was? Du auch?« Ich war entsetzt. »Warum hast du nichts gesagt?«

»Wie denn? Ich wollte einfach nur nach Hause und ins Bett und heulen. Ich war heilfroh, dass ihr mich nicht gesehen habt, ehrlich, Bille, ich bin ganz schnell an euch vorbeigeschlichen. Aber zu Hause hat meine Mutter auf mich gewartet, und wie sie mich gesehen hat, hat sie gefragt: ›Was ist los, Isabel?‹ Und da – da war ich auf einmal so eifersüchtig auf dich. Weil – du hast alles, Bille, du hast das Ballett und deinen Mischa. Und was habe ich? Nichts! Und fett bin ich auch noch!!!«

»Quatsch. Du bist nicht fett, du hast nur noch einen Rest Babyspeck auf den Knochen«, wiederholte ich mechanisch. So war das also. Isabel dachte, ich hätte alles … Na, so was. Ich schüttelte den Kopf.

»Isabel, so einen wie Jan findest du an jeder Straßenecke. Such dir einen Besseren.«

»Ich will keinen anderen! Ich will Jan! Glaubst du –« Sie setzte sich auf und putzte sich die Nase. »Was meinst du? Wenn ich abnehme, schämt er sich dann nicht mehr, wenn ihn seine Kumpels mit mir sehen?«

»Und wenn du klapperdürr wärst«, sagte ich wütend, »ich an deiner Stelle würde mit diesem blöden Kerl kein einziges Wort mehr wechseln. Aber eines sage ich dir, Isabel. Fett bist du nicht, nur ein bisschen mollig. Das steht dir, aber wenn du meinst, du müsstest ein, zwei Pfund abnehmen, dann tu's. Hast du ihm das Freundschaftsarmband zurückgegeben? Ich hätte es ihm ins Gesicht geschleudert!«

Isabel schluckte. »Nein. Das werde ich *nie* tun. Das behalte ich als Erinnerung an meine erste große Liebe.«

Ohne dass ich es wollte, berührte ich den »Springenden Fisch«.

»Verzeihst du mir?«, flüsterte Isabel.

»Nur, wenn du mich nicht wieder verpetzt«, antwortete ich und fügte nach einem Augenblick hinzu: »Aber es wird nichts mehr zu petzen geben.«

Später:

Blitz und Donner

Zu Hause bürstete ich meine Haare, zwirbelte sie zusammen und steckte den Knoten sorgfältig fest. Dann packte ich die Trainingstasche, klemmte sie mir unter den Arm und schaute ins Wohnzimmer.

»Ich gehe jetzt.«

»Was? Es ist doch erst ein Uhr«, meinte meine Mutter erstaunt.

Dass ich nicht ein drittes Mal innerhalb einer Woche zu spät kommen wollte, konnte ich ja nicht sagen. Deshalb gab ich vor, mich um Kia kümmern zu wollen.

Vor dem Eiscafé standen eine Menge Leute, jemand rief: »Hey, du kommst jetzt schon?«

Mein Herz schlug augenblicklich Purzelbäume und der Wirbelsturm in meinem Innern brach los. »Mischa!«

»Gut, du weißt also noch, wie ich heiße«, lobte er, packte meinen Arm, zog mich über die Straße und küsste mich schon am Galateabrunnen.

»Ich darf nicht zu spät kommen«, flüsterte ich.

»Nein, keine Sorge.«

Das Küssen ist eine zeitraubende Tätigkeit. Ich hatte die Uhr meiner Mutter ausgeliehen, und als ich aufs Zifferblatt schielte, hielt ich erschrocken den Atem an. »Mischa, ich muss los!«

Ich schaffte es, rechtzeitig in den Umkleideraum zu kommen. Himmel, dachte ich, wir haben uns vor lauter Eile gar nicht mehr verabreden können! Mir wurde fast schlecht bei dem Gedanken, Mischa vielleicht bis Montag nicht mehr zu sehen.

Infolge des Schrecks passte ich nicht so auf, wie ich sollte.

»Konzentriere dich, Bille«, sagte Frau Bandiol und sah mich mit ihren kühlen Augen an. Das brachte mich noch mehr durcheinander. Ich riss mich zusammen und beobachtete mich im Spiegel. Frau Bandiol hatte recht: Gut war ich nicht.

Ich fühlte, wie meine Hände nass wurden, wie meine Knie zitterten, ich sah, dass ich die Übungen entweder zu schnell oder zu langsam machte, die Beine nicht genügend streckte, den Kopf nicht gerade hielt, die Hände verkrampfte. Ich gab mir die größte Mühe und machte trotzdem alles falsch.

»Bille, denk an den ›Springenden Fisch‹, er ist dein Talisman«, flüsterte Kia mir in einer kurzen Pause zu. »Er sagt: Glück, Erfolg und ein langes Leben! Nicht schwach werden, Bille, du kannst tanzen!«

Das half. Ich wurde ruhiger, fand den Rhythmus und die Balance und vergaß Mischa.

Als ich unter der Dusche stand, dachte ich: So kann das nicht weitergehen. Obwohl ich verliebt bin, kann ich nicht tanzen, wenn ich an Mischa denke – aber wie schaffe ich es, nicht ständig an ihn zu denken? Wie sich seine Lippen anfühlen, wie es ist, wenn er mich umarmt, wenn er mich ansieht, wenn er mich an der Hand hält? Ich wusste es nicht. Ich wusste nur, dass Frau Bandiols Geduld nicht ewig anhalten würde.

»Hast du die Bücher mitgebracht?«, fragte Kia, als ich mich abtrocknete.

»Mist! Die hab ich vergessen.«

»Wie schade, nun liegt das ganze Wochenende vor mir und ich habe nichts zu lesen.«

»Weißt du was? Ich bring sie dir nachher schnell vorbei«, sagte ich, weil ich ein schlechtes Gewissen hatte und wusste, wie einsam es ohne ein spannendes Buch sein konnte. »Ich wohne nicht weit von hier ... Oder noch besser, du begleitest mich. Dann lernst du gleich mal meine Familie kennen.«

»Störe ich auch nicht?«, fragte Kia besorgt.

»Bestimmt nicht. Wenn du willst, kannst du auch mit uns zu Abend essen. Ich weiß nur nicht, ob meine Eltern zu Hause sind oder ausgehen.«

»Es ist unhöflich, unangemeldet zum Essen zu erscheinen«, antwortete Kia in ihrem altmodischen Deutsch.

»Quatsch. Mach dir keine unnötigen Sorgen.«

Wir waren allein im Umkleideraum. Die anderen hatten sich beeilt, weil sie zusammen ins Kino gehen wollten.

»Bist du sicher, dass ich mitkommen darf?«, vergewisserte sich Kia noch einmal.

»Klar«, beruhigte ich sie – und bereute zehn Minuten später die spontane Einladung so sehr, wie ich noch nie etwas in meinem Leben bereut hatte. Mischa wartete nämlich vor der Cranko-Schule auf mich, aber damit hatte ich wirklich nicht gerechnet.

»Das ist Kia. Sie will sich ein paar Bücher von mir ausleihen.«

»O. k.« Das war alles, was Mischa sagte. Aber wie heißt es doch: Der Ton macht die Musik. Mischas Ton war sehr, sehr unfreundlich.

Nach wenigen Metern begann Kia zu humpeln. Das Humpeln wurde stärker und stärker, sie blieb stehen und jammerte: »Mein Bein schmerzt. Ich muss mich beim Training überanstrengt haben. Bitte habt Verständnis, wenn ich zurückgehe.« Sie streckte ihre Hand aus. »Auf Wiedersehen.«

»Ciao«, sagte Mischa lässig.

Meine Gedanken überschlugen sich: Kia hatte sich nicht überanstrengt. Davon konnte keine Rede sein, das wusste ich so sicher, wie ich wusste, dass der heutige Tag ein Samstag war.

Kia hatte bemerkt, dass Mischa sauer war – er hatte vier Stunden auf mich gewartet, da kann man schon sauer werden –, und als höflicher Mensch wollte sie nicht sagen: »Hey, ich störe; ist ja klar, dass ihr allein sein wollt. Also mache ich die Fliege und gehe mit den anderen ins Kino, o. k.?«

Sie hatte eine Ausrede gesucht und gefunden, um Mischa und mir den Abend nicht zu verderben. Dafür nahm sie jetzt ein langweiliges Wochenende in Kauf. Das konnte ich nicht zulassen.

Andererseits bedeutete eine Stunde mit Mischa eine Stunde pures Glück.

Wenn er jetzt den Arm um mich gelegt und gesagt hätte: »Bille, wir begleiten Kia zurück und bringen ihr dann die Bücher«, wäre alles gut gegangen.

Er hätte auch sagen können: »Lass mich das Bein mal ansehen, Kia. Ich verstehe zwar nichts davon, aber ich hab mal einen Schnuppertag im Krankenhaus gemacht, weil ich später vielleicht Arzt werden will.«

Oder er hätte einfach fragen können: »Bille, wie ist es? Kann ich nicht mitkommen?«

Das tat er aber nicht; mit gesenktem Kopf stand er da, scharrte mit den Füßen und wartete ungeduldig, dass Kia endlich die Fliege machte. Ich war sehr verliebt in ihn, aber das ärgerte mich.

»Du gehst jetzt mit, Kia. So haben wir es ausgemacht.« Und dann setzte ich noch hinzu: »Du begleitest uns doch, nicht wahr, Mischa?«

»Hab nur auf dich gewartet, um dir zu sagen, dass ich noch 'nen Kumpel sehen muss«, nuschelte er, und schwupps, war er weg.

»Siehst du«, sagte Kia leise. »Nun habe ich euch den Abend verdorben. Das wollte ich nicht.«

Ich war voll down, ich war wütend und verzweifelt und sauer und hilflos und ... und ... und überhaupt!!!

Für mich war der Abend im Eimer. Meine Eltern hatten Bekannte eingeladen und keine Zeit für Kia und mich, also aßen wir beide auf die Schnelle in der Küche. Joschy war noch im Wald, O-Lore in der Stadt – und ich dachte immer nur an Mischa.

Kia wählte rasch ein paar Bücher aus und verabschiedete sich sofort.

Wenn ich nur ein Handy hätte, dachte ich verzweifelt. Warum sind meine Eltern auch so altmodisch und schenken mir erst zum vierzehnten Geburtstag eines! Wir kann man nur so geizig sein! Ich hielt es zu Hause einfach nicht aus, holte mir eine Strickjacke und ging zum »Pinguin«. Vielleicht, dachte ich, vielleicht wartet Mischa ja auf mich, vielleicht tut es ihm leid, dass er abgehauen ist … Nein, Mischa stand nicht vorm Eiscafé und wartete auch nicht auf »unserer« Steinbank.

Ich hätte heulen können über den verkorksten Abend.

Endlich raffte ich mich auf und klingelte bei Isabel.

Abends:

Wetterbesserung

Zum Glück war sie zu Hause. Sie zog mich sofort in ihr Zimmer und bot mir Nussschokolade an. »Hab eine Megatafel gekauft«, gestand sie. »Die esse ich heute noch auf und ab morgen werde ich hungern. Jan wird mich kennenlernen, das sage ich dir. Er soll es bereuen, dass ich nicht mehr seine Freundin bin!«

»Ja, mach das«, erwiderte ich mechanisch.

»Bille, ist was?«

»Isabel, ich mache alles falsch!« Wie in einer üblen TV-Schnulze legte ich den Kopf auf die Arme und heulte los.

Isabel sagte nichts. Sie strich mir nur immer wieder über die Haare und futterte Schokolade.

Später meinte sie: »Das war nicht wegen der Schule?«

»Nein.«

»Hast du Ballett-Sorgen?«

»Ja, auch, aber ich bin ja nur wegen Mischa so unglücklich!«

»Ach nee«, feixte sie. »Bei diesem Thema kann ich mitreden. Schieß los!«

»Es ist so«, begann ich. »Wir waren überhaupt

nicht verabredet, aber er hat schon um ein Uhr vorm Eiscafé auf mich gewartet und um fünf stand er vorm Cranko-Haus. In der Zwischenzeit hatte ich aber Kia eingeladen. Er wusste nichts von Kia, ich wusste nichts von ihm und so ist alles schiefgelaufen. Ich brauche ein Handy!«

»Ihr hättet euch eben verabreden müssen, dann wäre überhaupt nichts geschehen«, sagte Isabel sachlich. »Hier, iss!«

»Ich kann nichts essen. Was soll ich nur tun?«

»Ruf ihn doch an«, schlug Isabel vor.

»Ich? Niemals!«

»Warum nicht? Du kannst sagen, dass es dir leidtut, aber dass der miese Abend nicht allein deine Schuld ist, schließlich hätte er ja Verständnis für Kia aufbringen können. Finde ich wenigstens.«

»Meinst du wirklich, ich könnte ihn anrufen? Ich habe ja nicht mal seine Telefonnummer.«

»Wozu gibt es Telefonbücher?« Isabel rannte los und kam mit dem Wälzer zurück. Wir suchten unter E – Emmerich und fanden »S. und I. Emmerich«. Die Adresse musste stimmen.

»Hier!« Isabel hielt mir das Telefon hin.

»Ich kann nicht, ich trau mich nicht. Was ist, wenn seine Eltern rangehen und wissen wollen, wen ich sprechen möchte?«

»Bist du von gestern?«, rief Isabel. »Lass mich mal, ja?«

Sie wählte, ich wartete mit angehaltenem Atem, zusammengepressten Lippen und feuchten Händen.

Nach dem sechsten Klingeln nahm jemand ab.

»Spreche ich mit Mischa?«, erkundigte sich Isabel.

»Nein, mit seinem Bruder.«

»O. k. Kann ich Mischa sprechen?«

»Geht nicht. Er ist mit Isolde weggegangen.«

Das war's. Ich hatte alles mitgehört und starrte Isabel an.

»So ein Schuft! Isolde heißt also der ›Kumpel‹, den er sehen musste«, fauchte ich.

Plötzlich lachte Isabel los. »Was hast du noch heute Morgen zu mir gesagt? Wechsle die Straßenseite, wenn du ihn siehst, hasse ihn, vergiss ihn, du darfst nicht mal mehr an ihn denken ... Wenn das so einfach wäre!«

Ich fixierte schweigend das Telefon. Isolde, mit einer Isolde ist er weggegangen ...

»Hey, Bille, ich bin dir einen Tag Erfahrung voraus und ich sage dir: Der Schmerz lässt nach. Ich bin schon wieder ganz gut drauf. Willst du wissen, warum? Weil ich mich rächen werde!«

»Das hast du heute früh schon gesagt. Und wie willst du das machen?«

Isabel sprang auf und rief mit blitzenden Augen: »Der Typ hat gesagt: ›Jan, die Fette da – ist das dein Ernst?‹ Damit packe ich ihn! Erstens nehme ich ab, zweitens lasse ich mir die Haare vom besten Friseur stylen, den ich mir leisten kann, drittens kaufe ich ein paar superschicke Klamotten – natürlich erst dann, wenn ich zwei oder drei Kilo abgenommen habe!«

»Ja und? Willst du vielleicht vor Jans Haus hin und her spazieren, mit einem Schild um den Hals: ›Schau, wie super ich aussehe‹?«

Wir lachten, aber Isabel wurde sehr schnell wieder ernst. »Nein, dann fängt die Sache erst an! Dann mache ich mich an den Typ ran, der mit dem Finger auf mich gezeigt hat!«

»Komm, du spinnst!«

»Ich spinne nicht! Ich weiß nämlich, wer das ist!«

»Wer ist es?« Langsam wurde ich neugierig. Isabels Plan lenkte mich sogar von meinem Jammer ab.

»Er heißt Tonio Schneider, ist Klassensprecher, spielt im Schultheater, geigt im Schulorchester, schreibt für die Schülerzeitung – er ist der angesagteste Typ seiner Schule.«

Ich wollte Isabel wirklich nicht verletzen, aber ob sie einen solchen Goldjungen für sich begeistern konnte, fand ich mehr als zweifelhaft.

»Du traust mir nicht zu, dass ich das schaffe«, stellte Isabel fest.

»Wenn dieser Tonio so viel draufhat, steht er nicht nur auf Figur, Frisur und Klamotten.«

Isabel schnaubte verächtlich durch die Nase. »Sooo simpel bin ich auch wieder nicht. Mein Glück ist, dass das Schuljahr gerade erst begonnen hat. Das heißt, ich werde bei uns ins Schülerzeitungsteam eintreten –«

»Klar, das macht Sinn, schließlich hast du eine Eins in Deutsch«, erinnerte ich mich.

»Ich mache da nicht mit, weil ich eine Eins habe,

ich mache mit, weil ich weiß, dass die Redakteure sich mehrmals im Monat treffen. Und bis zum ersten Treffen habe ich mein Traumaussehen, verlass dich drauf, Bille«, sagte Isabel triumphierend. »Wie findest du den Plan?«

»Nicht übel. Ich wünsche dir viel Erfolg.«

»Den werde ich haben«, erklärte Isabel.

»Und was soll *ich* tun?«, fragte ich und fühlte, dass mir wieder die Tränen in die Augen stiegen.

»Zuerst musst du feststellen, wer diese Isolde ist. So habe ich es auch gemacht. Man muss wissen, wer der Feind ist, bevor man die Rache plant. Übrigens, seit wann hast du das Armband? Ist das neu?«

»Neu ist es nicht. Meine Mutter hat es mal von einer Freundin geschenkt bekommen. Sie hat es mir gegeben. Als Talisman, Isabel! Der Fisch soll mir eigentlich Glück, Erfolg und ein langes Leben bescheren, aber entweder leidet er an Altersschwäche und bringt es einfach nicht mehr oder er hasst mich. Seitdem er mir gehört, habe ich nur Pech.«

»Glaube ich nicht. Ohne ihn hätte ein Kumpel von Mischa vielleicht mit dem Finger auf dich gezeigt und gesagt: ›Was? Die Dürre da? Ist das dein Ernst?‹ So was tut weh, Bille.«

»Kann ich mir vorstellen. Vor allem wenn es jemand sagt, der Pickel hat, Schweißfüße, Fetthaare, einen Hängebauch oder üblen Mundgeruch.«

Isabel berührte meinen Talisman. »Gib dem Fisch noch eine Chance. Er ist einfach zu süß, um ihn nicht zu tragen.«

Als ich die wenigen Schritte zu unserem Haus hinüberging, düste O-Lore den Berg herauf.

»Steig ein! Na, hattest du einen schönen Abend mit deinem Mischa?«

»Nein. Es ist alles so furchtbar, O-Lore.«

Zu meinem Erstaunen fuhr O-Lore nicht in die Garage, sondern an unserem Haus vorbei und noch ein ganzes Stück weiter den Berg hinauf bis zu einer Stelle, an der sie gut parken konnte.

»Berichte«, forderte sie mich auf. Als sie alles erfahren hatte, meinte sie: »Bille, es war gut, dass du dich auf Kias Seite geschlagen hast. Dadurch hast du zwar Mischa verletzt, aber wärst du mit ihm gegangen, hättest du Kia verletzt. In einem solchen Fall gibt es immer einen Verlierer, das ist nun mal so. Aber weißt du was? Damit eure Verständigung nicht an solchen Kleinigkeiten scheitert, schenke ich dir ein Handy. Du hättest es zum Geburtstag bekommen, nun bekommst du es eben schon jetzt. Hat Mischa ein Handy?«

Das wusste ich nicht, aber diese Frage war leicht zu klären.

Ich fand, dass mich das Schicksal mit der »Für-Kia-gegen-Mischa«- beziehungsweise »Für-Mischa-gegen-Kia«-Entscheidung voll fies in die Enge getrieben hatte. Aber mit O-Lores Handy würde mir ein solches Pech in Zukunft erspart bleiben. Was für ein Glück, dass O-Lore meine Großmutter war!

Sonntag:

Genial schön!

Am Sonntagmorgen machte ich mir einen genauen Plan für den Tag. So etwas lernt man beim Ballett: Disziplin, Zielstrebigkeit, Konzentration aufs Wesentliche.

Also erledigte ich zuerst die Hausaufgaben, dann zog ich mich um und übte an der Stange. Klar, es gelang mir nicht ganz, Mischa aus meinem Kopf zu verdrängen, aber ich bekam immer wieder die Kurve.

Nach dem Mittagessen überlegte ich mir gerade, entweder zu Isabel oder zu Kia zu gehen, als die Türklingel schrillte.

»Das ist Otto, er hat gestern Abend sein Brillenetui vergessen und wird es holen wollen. Machst du auf, Joschy?«, bat meine Ma.

»O. k.«

Joschy schlurfte durchs Haus. Einen Augenblick später schrie er: »Bille, dein Lover!«

»Nein!«

Als wir uns gegenüberstanden, platzte ich sofort heraus: »Hey! Wer ist Isolde?«

»Meine Mutter«, antwortete Mischa verdutzt.

Ich begriff nicht gleich. »Deine Mutter? Warst du gestern Abend etwa mit deiner Mutter –«

»Bei meinem Großvater. Wieso?«

»Ich dachte, Isolde ist ... sie wäre ... also ich dachte ...«, stammelte ich und kam mir plötzlich furchtbar fies und kleinlich und bescheuert vor.

»Falsch gedacht«, stellte Mischa fest, der endlich begriff, was ich befürchtet hatte. »Entschuldige, dass ich gestern so blöd war«, sagte er. »Sollen wir Kia abholen? Ich meine, es war gemein von mir, einfach abzuhauen. Ich habe so lange auf dich gewartet, eigentlich den ganzen Nachmittag, und dann bist du mit Kia im Schlepptau aufgekreuzt. Da ist bei mir die Sicherung durchgebrannt. Sozusagen.« Er hob verlegen die Schultern.

»Laberst du immer so viel?«, erkundigte sich Joschy. Das brachte mich zur Besinnung. »Halt die Klappe, Bruder«, fuhr ich ihn an und fragte Mischa: »Warum bist du gekommen? Nur um dich wegen Kia zu entschuldigen, oder –«

»Auch, aber vor allem will ich mit dir zusammen sein«, antwortete er prompt.

Es wurde ein super Nachmittag. Zuerst machten wir natürlich an unserer Bank halt und feierten das Ende des Missverständnisses und den Beginn unseres Wieder-Zusammenseins mit einem langen Kuss. Dann entdeckte Mischa den »Springenden Fisch« an meinem Handgelenk.

»Das ist mein Talisman«, erklärte ich. »Meine Mutter hat ihn mir geschenkt.«

»Glaubst du etwa an so 'nen Blödsinn? Ich meine, das ist doch ein fetter Aberglaube.«

»Er hat mir Glück gebracht«, verteidigte ich

ihn. »Vielleicht wärst du ohne ihn nicht gekommen.«

»O. k. So gesehen ist der Fisch auch mein Glücks-Talisman«, meinte Mischa. »Vielen Dank, lieber Fisch!«

Dafür, dass er das sagte, musste ich ihn gleich wieder küssen.

Später, in der Cranko-Schule, zeigte ich Mischa zuerst den Speiseraum, den Aufenthaltsraum mit den blau-rot-weißen Vorhängen, »meinen« Umkleideraum und den einen der fünf Ballettsäle, in dem meine Klasse trainiert. Dann klopften wir an Kias Tür.

Sie saß auf der Schreibplatte vor dem Fenster und hatte ein rot-goldenes Teeschälchen in der Hand. Ein abgebranntes Räucherstäbchen hatte graue Aschewürstchen hinterlassen und in der Vase steckte jetzt neben dem langen Halm ein Efeuzweig. Es duftete warm und süß nach Vanille und Karamell.

Auf Kias Knien lag eines meiner Bücher, aber sie hatte ganz offensichtlich nicht darin gelesen, denn ihre Augen waren rot und traurig.

»Kia, was ist los? Hast du Kummer?«, fragte ich erschrocken.

Mischa sah sich in ihrem Zimmer um, entdeckte einen Umschlag mit fremden Briefmarken und kombinierte in Windeseile. »Schlechte Nachrichten von zu Hause?«

Kia hob nur die Schultern und gab keine Auskunft.

»Hast du vielleicht Heimweh?«, forschte er weiter.

»Ja. Auch. Ein bisschen.«

»Gut, dass wir gekommen sind«, meinte ich. »Wir bummeln durch die Stadt und wollten dich fragen, ob du mitkommst. Du kommst doch mit?«

Kia zögerte.

Mischa sagte: »Wir zeigen dir die Stadt – nein, warte, ich hab eine bessere Idee. Wir können dich nicht nach Hongkong beamen, aber ein wenig Fernost bieten wir dir sogar in Stuttgart. Lass dich überraschen, ja?« Er grinste breit.

»Denkst du an ein China-Restaurant?« Kia saß noch immer auf dem Fensterbrett und machte keine Anstalten, auf Mischas Vorschlag einzugehen.

»Quatsch. Mein Goldesel hat Ausgang.«

Kia starrte ihn verständnislos an.

Ich erklärte ihr: »Es gibt ein bekanntes Märchen, in dem ein Esel eine Rolle spielt, der Goldstücke sch... – du weißt, was ich meine. Von jemandem, der plötzlich viel Geld hat, fragt man sich, ob er einen Goldesel im Stall stehen hat. – Nun komm schon. Lesen kannst du auch noch später.«

»Wo finden wir Fernost in Stuttgart?« Kia ließ sich nicht so schnell umstimmen.

»Ehrlich, ich habe keine Ahnung, was Mischa vorhat. Aber ich garantiere dir, dass du es nicht bereuen wirst. Er kennt sich super aus in der Stadt.«

Das überzeugte sie. Wir gingen durch das Gässchen zwischen Staatsgalerie und dem »Haus der

Geschichte« und dann durch die Unterführung zum Schlossgarten. Oben an der Treppe hielt mir Mischa die Augen zu.

»Bille, wie oft bist du schon durch diese Unterführung gegangen?«

»Mischa, spinnst du? Woher soll ich das wissen?«

»Gut, dann schätze eine Zahl«, befahl er. »Tausend Mal, zweitausend Mal oder mehr?«

»Ich sag mal: mehr als zweitausend Mal«, antwortete ich lachend.

»Dann weißt du also auch, was über der Treppe steht.«

»Da steht nichts«, sagte ich. »Ich hab noch nie was gesehen.«

»Falsch gedacht.« Er nahm seine Hand weg und ich las:

Grenzen der Aufklärung
Ob Sonnenschein, ob Sterngefunkel,
im Tunnel bleibt es immer dunkel.

Erich Kästner

»Das habe ich im Leben noch nicht gesehen!«, rief ich überrascht.

»Genau das hat mein Großvater meinen Brüdern und mir immer wieder bewiesen.« Er stellte sich breitbeinig ins Gras, tat so, als zupfe er an den Saiten einer Gitarre und leierte in seinem Singsang:

Was du täglich siehst, das siehst du nicht
Was du nicht siehst, das kennst du nicht
Was du nicht kennst, das schätzt du nicht
Reist in die Ferne, blöder Wicht
Weil dir der Alltag versperrt die Sicht
Denn: Was du täglich siehst, das siehst du nicht

Einige Passanten waren stehen geblieben und hörten zu. Das war ja so was von peinlich! Eine Frau rief: »Junge, du musst deine Mütze auf den Boden legen, damit ich dir was reinwerfen kann!«

»Nur zu, vielleicht reicht es zu einem Eis für drei!«, rief Mischa fröhlich. Tatsächlich, die Leute warfen einige Euro- und Fünfzig-Cent-Münzen in seine Häkelkappe!

Wir sammelten das Geld ein und gingen weiter.

Zwischen Altem und Neuem Schloss bummelten wir durch die Anlagen zur Königstraße, waren wenig später im Stadtgarten bei der Uni und gingen weiter Richtung »Liederhalle«. Das ist unser Konzerthaus, aber da wollte er doch wohl nicht hin, oder?

Mischa steuerte auf ein großes weißes Gebäude zu, vor dem einige Fahnen im Wind flatterten.

»Bitte sehr, Kia, hier findest du Fernost in Stuttgart!«

»Das Lindenmuseum«, sagte ich erstaunt. »Willst du wirklich in ein Museum?«

»Na klar, es ist eines der besten Völkerkundemuseen Europas.« Er klimperte mit den Münzen in der Hosentasche. »Ich bezahle den Eintritt!«

Vor ewig langer Zeit war ich mal mit meiner Grundschulklasse hier gewesen. An die Asienabteilung konnte ich mich überhaupt nicht mehr erinnern, deshalb war ich genauso neugierig wie Kia. Allerdings dauerte es einige Zeit, bis wir dorthin gelangten, denn die original nachgebaute orientalische Basarstraße hielt uns auf. Da gab es nämlich kleine dämmrige Handwerkerbuden, komplett mit Werkzeugen, ärmlicher Einrichtung wie Tische, Hocker, Schüsseln und Pfannen – und es roch auch echt orientalisch.

Mischa und ich hielten Händchen und blieben vor dem japanischen Teehaus lange Zeit stehen, obwohl das natürlich nichts mit Hongkong zu tun hatte. Aber irgendwie hatten es die Leute fertiggebracht, die Atmosphäre einzufangen. »Man könnte sich hier glatt auf den Boden setzen und meditieren, was?«, sagte Mischa leise und drückte mich an sich.

Ja, und dann kamen wir endlich in den tibetischen Altarraum und schließlich in die Abteilung mit den Malereien und dem Porzellan aus China. Kia ließ ihren Blick einmal durch den Raum schweifen, stutzte und steuerte auf eine Vitrine zu, in der ein einziger Suppenteller ausgestellt war. Buttergelb war er, mit blauen Blumen am hochgezogenen Rand und einer größeren blauen Blume in der Vertiefung.

Kia schwieg. Ich wunderte mich, dass sie den Teller eine Ewigkeit lang anstarrte.

»Ist was?«, fragte ich.

»Zu Hause haben wir ein gelbes Geschirr. Es ist

natürlich längst nicht so wunderschön wie dieser Teller, aber er ähnelt unserem Geschirr«, flüsterte Kia. Sie hatte Tränen in den Augen. »Seit einem Jahr war ich nicht mehr daheim. Der Flug ist nicht billig, Lausanne war teuer und die Ballettschule kostet auch … Für meine Familie ist meine Ausbildung ein großes Opfer.«

Mischa gab mir ein Zeichen und sagte: »Lass dir Zeit, Kia. Bille und ich warten unten auf dich.«

Im Erdgeschoss gab es ein Bistro. Mischa zählte die Münzen und stellte fest, dass wir uns noch drei Colas leisten konnten. »War vielleicht doch keine so gute Idee, mit Kia hierherzukommen«, meinte er.

Ich war noch nie länger als ein paar Tage von meiner Familie getrennt gewesen, aber eines wusste ich: Heimweh, sagt man, ist schlimm. Ich stelle es mir vor wie Liebeskummer. Man leidet und fühlt sich wund und krank und hat überhaupt keine Lust, etwas Vernünftiges zu tun. Erst vor einem Tag hatte ich die Liebeskummer-Erfahrung gemacht, das reichte mir fürs Leben!

»Was Kia alles in Kauf nimmt, nur um tanzen zu lernen. Denkst du, das lohnt sich?«, fragte Mischa.

»Was meinst du mit ›lohnt sich‹?«

»Na, ist doch klar. Ich nehme Heimweh und allerlei Entbehrungen auf mich, wenn ich weiß, ich komme ans Ziel«, erklärte er. »Wird Kia eine berühmte Ballerina werden?«

Ich hob die Schultern. »Das weiß sie nicht. Wir alle wissen das nicht, wir sind ja noch im Wachstum. Vieles kann schiefgehen. Stürzt man bei einem

Sprung, bedeutet das unter Umständen eine monatelange Trainingspause. Vielleicht entwickeln sich die Füße nicht so kräftig, dass man Spitze tanzen kann. Jede Verletzung, Zerrung und jeder Muskelriss ist ein mögliches Ende, Mischa.«

»Warum machst du es dann? Und Kia erst! Warum reist sie von Hongkong bis Stuttgart, um tanzen zu lernen, wenn das ganze Unternehmen so unsicher ist? Das kapiere ich nicht.«

»Frag mich was Leichteres!«

Wir schlürften Cola durch den Plastikhalm, schwiegen und warteten auf Kia.

Als sie kam, schob Mischa ihr die Cola zu.

»Ich danke euch sehr«, sagte sie ernst. »Ich werde oft hierherkommen. Es ist zwar nicht Hongkong, aber vieles erinnert mich an zu Hause. Das ist wichtig. Ich will nichts vergessen.«

Das Mädchen hinter der Theke klapperte mit dem Geschirr und rief uns zu: »Beeilt euch, um fünf ist Feierabend, da machen wir den Laden dicht.«

Wir gingen nicht direkt zum Internat zurück, sondern machten einen Umweg über einen schmalen Weg durch die Anlagen am Schlossgarten. Er hieß »John Cranko-Weg«.

»Ich dachte, das würde euch interessieren«, sagte Mischa.

Später stand ich lange an meinem Fenster und überlegte, ob sich Anstrengungen und Entbehrungen trotz ungewisser Erfolgsaussichten lohnen. Ich hatte wirklich keine Ahnung. Ich wusste nur eines: Das Tanzen würde ich nie aufgeben!

Montagabend:

Kein Wölkchen am Himmel

Am Montagabend lag auf meinem Kopfkissen ein nagelneues, todschickes Handy. Ich freute mich so sehr, dass ich O-Lore einen Dankesbrief schrieb – sie war mal wieder unterwegs – und diesen auf ihr Bett legte. Na ja, besonders einfallsreich war das ja nicht, aber auf die Schnelle fiel mir kein besserer Platz ein.

Mischa musste sich zwar ein Handy mit seinem älteren Bruder teilen, aber wir würden es schon schaffen und keine Verabredungspannen mehr fabrizieren.

Der Montag war aber nicht nur wegen meinem ersten eigenen Handy ein besonderer Tag.

Frau Bandiol teilte uns die beiden Termine für die Aufführungen Anfang Dezember mit.

Es ist nämlich so, dass wir Ballettschülerinnen und -schüler zweimal im Jahr im Opernhaus auftreten. Die Auftritte im »Großen Haus« sind natürlich eine riesige Herausforderung für uns, aber auch eine Chance, wie sie der Einzelne von uns eben nur zweimal im Jahr bekommt. Wer es schafft, eine winzige Partie solo tanzen zu dürfen, schwebt im siebten Himmel, wirklich!

Frau Bandiol sagte: »Ich habe mich für ein Nocturne von Chopin entschieden. Wir werden diesen Monat alle dasselbe üben, danach bestimme ich das Mädchen, das ein kleines Solo tanzen wird.«

In der Schule hätte jede »Ich! Ich! Ich!« gerufen oder »Bloß nicht ich!«.

Beim Ballett war das ganz anders. Da nahm man große Neuigkeiten schweigend entgegen – darüber gesprochen wurde in den Umkleideräumen. Weil ich aber mit Mischa verabredet war, beeilte ich mich und bekam nur am Rande mit, dass Natascha und Randa und Uzonka und überhaupt alle meinten, dass sich Frau Bandiol zwischen Kia und mir entscheiden würde.

»Kia, die Wahl fällt auf dich«, sagte ich, dann machte ich die Fliege.

Genau das Gleiche sagte ich auch Mischa.

»He, willst du nicht kämpfen?«, rief er erstaunt. »Und warum diskutiert ihr nicht über die Rollenverteilung?«

Ich schüttelte nur den Kopf. »Wozu? Wir tun das, was Frau Bandiol sagt. Außerdem – wenn ich das Solo tanzen dürfte, müsste ich wahnsinnig üben. Dann hätte ich keine Minute mehr Zeit für dich. Das wäre doch schade, oder?«

»Schade? Es wäre eine Katastrophe!«, erklärte Mischa. »Vielen Dank, kleiner Fisch-Talisman, dass Bille nicht für das blöde Solo kämpft!«

Wir eilten quer durch die Innenstadt, denn um sieben begann Mischas Rap-Workshop und ich hatte versprochen, eine halbe Stunde reinzuschauen – dann musste ich heimrennen, um die Hausaufgaben zu machen.

Das Treffen begann gemütlich. Zwei Mädchen und acht Jungs trudelten nach und nach ein, stellten Wasserflaschen oder Coladosen auf den Tisch und unterhielten sich. Ein Mädchen hob die Arme, schnüffelte an sich herum und meinte: »Ich bin mit dem Rad gekommen, ich stinke. Mein Deo hat wohl schlappgemacht!«

Toni, der den Workshop leitete, rief: »Hey, will mir nicht einer beim Schleppen helfen? Ihr seid zehn und ich bin einer.« Drei Jungs schlurften mit ihm raus und kamen mit Saft, Wasser und Gläsern zurück.

»Wer hat was vorbereitet?«, fragte Toni und schaltete den Recorder an. Die Musik kannte ich nicht. Eines der Mädchen stand langsam auf. »Hab was geschrieben, es ist aber voll depri.«

Depri? Sie sah toll aus, schwarze Haare und dunkelblaue Augen, super Figur – warum war sie deprimiert?

Sie las ihren Text ab, verhaspelte sich, sagte locker: »Muss noch mal anfangen«, und begann von vorn.

Ich beneidete sie. Wenn wir beim Ballett etwas nicht konnten, versanken wir vor Scham im Boden. So cool wie sie wollte ich auch mal sein!

Weil ich ja von nichts eine Ahnung hatte, erklärte mir Toni, wie der Rap begonnen hatte: in den Sechzigern in New York, als eine neue Stadtautobahn das Viertel, das Bronx heißt, von der übrigen

Stadt abtrennte. Die Kneipen, in denen Künstler auftraten, gingen ein, Leute, die es sich leisten konnten, zogen weg. Die, die sich keine andere Bleibe suchen konnten oder wollten, protestierten gegen die unerwünschten Veränderungen mit Sprechgesängen zu Musik, eben dem Rap.

Es war sehr schade, dass ich so früh gehen musste.

»Bleib doch«, sagten alle. »Bleib, sei easy und relaxed.«

»Geht nicht, meine Hausaufgaben warten!«

Auf dem Gang küssten wir uns zum Abschied.

»Hey, Mischa«, sagte ich, »jetzt verstehe ich dich viel besser. Ein Rap-Text ist poetry, das ist das, was einer wie du und ich denkt und fühlt und in Worte zu fassen versucht. Wir beim Ballett drücken die Worte in Bewegung aus, das ist der ganze Unterschied!«

Wochenendwetter:

Unverändert sonnig

Am Wochenende kam Kia zu Besuch. Ma hatte das Gästezimmer mit Blumen geschmückt und ein Schälchen mit Pralinen neben das Bett gestellt.

Pa war schon zu Hause, das Abendessen stand auf dem Tisch, Joschy hatte sich sogar freiwillig die Hände gewaschen, alles war paletti.

Ma versuchte Kia auszufragen: »Wie lange lebt ihr denn schon in Hongkong?«

»Ich bin dort geboren«, antwortete sie höflich. »Meine Eltern haben bereits vor meiner Geburt dort gewohnt.«

Ma kam nicht weit. Kia war einfach zu höflich, um über sich selbst zu sprechen – vielleicht ist das in China auch nicht üblich, ich weiß es nicht.

Erst als Pa sagte: »›Kia‹ – ist das nicht ein koreanischer Vorname?«, leuchteten ihre Augen auf. »Einer meiner Vorfahren kam aus Korea«, antwortete sie. »Sie wissen aber sehr gut Bescheid.«

Wir lachten und Kia schaute so verlegen auf ihren Teller, dass Pa aufstand und meinte: »Ihr beide habt euch sicher viel zu erzählen.« Er legte einen Arm um mich und einen um Kia und zog uns vor den Spiegel in der Diele. »Schneeweißchen und Rosenrot im Arm zu halten habe ich mir schon immer gewünscht.«

»Oh, das Märchen kenne ich!«, rief Kia. »Ich habe es schon oft gehört!«

»Wer hat es dir erzählt?«, fragte Ma sofort und so direkt, dass ich sie verwundert anschaute.

»Zu Hause besitze ich eine Kassette mit deutschen Märchen.«

»Das Märchen vom Goldesel kanntest du aber nicht«, erinnerte ich sie.

»Leider nein. Ich kenne Aschenputtel, Dornröschen und Rotkäppchen.«

»Donnerwetter!«, rief mein Pa und neckte mich: »Und welches chinesische Märchen kennst du, Bille?«

»Keines«, musste ich zugeben.

Oben in meinem Zimmer sagte Kia: »Bille, dein Vater ist sehr nett.«

»Ja, Pa ist in Ordnung. Aber Joschy und ich bekommen nicht viel von ihm mit. Morgens um acht geht er aus dem Haus, abends kommt er selten vor sieben und an den Wochenenden sitzt er am Schreibtisch.«

»Er arbeitet hart für seine Familie«, meinte Kia. »Wie mein Vater. Meine Ausbildung kostet viel Geld, aber er klagt nie darüber. Meine Mutter ist nicht immer glücklich.«

»Wie meinst du das?«

»Sie ist unglücklich, weil sie mich vermisst. Und weil die Familie viel entbehren muss, damit mein Vater die Ballettausbildung bezahlen kann. Deshalb muss ich sehr fleißig sein, Bille. Ich darf meine Eltern nicht enttäuschen.«

»Meine Eltern sehen das viel lockerer«, sagte ich.

»Ich habe das bemerkt. Aber das bedeutet nicht, dass du dich weniger anstrengen musst, Bille. Du wärest sehr unzufrieden, wenn du nur mittelmäßig gut wärest.«

»Mittelmäßig gut«, wiederholte ich lachend.

»Wie sagt man dazu? War das falsch?« Kia schüttelte den Kopf. »Du weißt, was ich meine. Ich meine, dass du viel Zeit mit deinem Freund verbringst. Das schadet dir, ich sehe das, wenn du tanzt. Du könntest besser sein.«

»Ballett ist nicht das ganze Leben!«, erwiderte ich.

»Für mich schon«, entgegnete Kia ernst.

»Ich liebe das Ballett und ich liebe Mischa. Ich finde, ich kann beides unter einen Hut bringen, Kia.«

»Bist du sicher?«

Es war das einzige Mal, dass Kia ein ganzes Wochenende bei uns verbrachte. Als ich sie wieder und wieder einlud und sie hartnäckig Nein sagte, löcherte ich sie so sehr, dass sie schließlich in ihrem gewählten Deutsch erklärte: »Ich möchte nicht unhöflich erscheinen. Aber deine Familie zeigt mir, was ich vermisse. Das macht mich traurig.«

»Du könntest nach Hongkong zurück«, sagte ich vorsichtig. »Ich meine, wenn du Heimweh hast, kannst du doch aufs Tanzen verzichten. Oder zu Hause in eine Tanzschule gehen.«

»Bille!« Kia war aufrichtig entsetzt. »Verstehst du denn nicht? Ich will nicht einfach nur ein bisschen tanzen können. Ich *muss* tanzen. Das Heimweh ist manchmal schlimm, aber nicht in der John Cranko-Schule tanzen zu lernen wäre für mich das Allerschlimmste.«

Bevor ich mich in Mischa verliebte, hätte ich dasselbe gesagt. Aber jetzt dachte ich anders darüber: Jetzt wollte ich einfach beides, Ballett und Liebe!

Kia tat sich mit Jury zusammen und trainierte mit ihm auch sonntags. Das war nichts Ungewöhnliches. Viele im Internat taten das, weil sie ehrgeizig waren und die Erwartungen ihrer Eltern – und auch ihre eigenen – nicht enttäuschen wollten.

Freitag, Samstag, Sonntag:

Der Wind frischt auf

Erwartungsgemäß wurde Kia am Ende des Monats für die Solopartie ausgewählt. Ein bisschen wurmte es mich, aber nur ein bisschen. Sie war wirklich besser als ich, außerdem hatte ich Mischa und war einfach glücklich. Wir trafen uns regelmäßig, am Sonntagnachmittag kam er meistens zu uns und manchmal tauchte sogar Kia kurz auf.

Isabel zog ihr Verwandlungsprogramm konsequent durch. Sie setzte sogar noch eins drauf und joggte jeden zweiten Tag ein paar Kilometer, obwohl sie total unsportlich ist. Aber sie meinte: »Ich weiß, es ist ätzend, und ehrlich, Bille, ich hasse das Joggen. Aber nur so erreiche ich mein Ziel. Dafür nehme ich sogar das öde Laufen in Kauf.«

Immer wenn ich sie am Sonntagnachmittag treffen wollte, wiegelte sie ab: »Jetzt noch nicht.«

»Wieso denn? Lernst du oder was tust du?«

»Das erfährst du später«, antwortete sie geheimnisvoll.

»Bist du sauer wegen Kia?«, forschte ich.

»Quatsch. Wir beide sind Freundinnen, seitdem wir sieben Jahre alt sind. Uns kann nichts auseinanderbringen. Außerdem – Kia gehört zu deinem Ballett-Leben, ich gehöre in dein normales Leben.«

Ich war so neugierig, dass ich sogar meine Mutter auf ihre Mutter ansetzte: »Frag doch mal, was Isabel vorhat. Es gibt da ein Geheimnis, das sie nicht einmal mir verrät.«

Doch Fehlanzeige, meine Mutter erfuhr genauso wenig.

Der zweite Sonntag im Oktober war ein richtiger Herbsttag: nass, kalt, verregnet.

Ich war mit Mischa in meinem Zimmer und hörte, dass jemand zu uns kam, aber wenn Mischa bei mir war, interessierte mich so was nicht.

Es klopfte an meine Tür.

»Herein!«

Isabel rief von außen: »Ich bin nicht allein, Bille!«

Da wusste ich, dass der spannende Augenblick gekommen war.

Ich riss die Tür auf – und fiel fast in Ohnmacht.

Natürlich hatte ich mitbekommen, wie sich Isabel langsam veränderte. Aber heute sah sie einfach unglaublich super aus. Sie hatte sich die Haare ein wenig kürzen lassen, jetzt schwangen sie wie in der Werbung bei jeder Bewegung um ihren Kopf und leuchteten in einem satten Rot mit goldenen Strähnchen. Ihre Augenbrauen waren sauber gezupft, sie hatte die Augen mit braunem Kajal umrandet, die Wimpern getuscht, die Lippenstiftfarbe war einfach perfekt – Isabel war eine Schönheit. Die Klamotten waren natürlich erste Sahne, aber auch mit weniger schicken Jeans und einem bescheideneren Pulli hätte sie umwerfend ausgesehen.

»Das ist Tonio«, sagte sie lässig.

»Tonio?«

»Er heißt Tonio«, wiederholte Isabel bedeutsam.

Aha, das also war der Rache-Partner! O Gott, dachte ich, wie gut, dass ich Mischa habe!

Mischa, das sah ein Blinder, war etwas Besonderes, er war nicht »mainstream«. Tonio dagegen hätte ich auf der Straße gesehen und sofort wieder vergessen, falls er mir überhaupt aufgefallen wäre. Er trug zwar die angesagten Markenklamotten, das war aber auch alles.

»Ich hole uns etwas zu trinken«, sagte ich rasch. »Was wollt ihr? Cola? Saft?«

»Beides«, antwortete Isabel. »Habt ihr auch Chips oder Schokolade im Haus?«

»Komm mit, Isabel, such's selber aus, ich weiß nicht, was meine Ma auf Lager hat.«

Isabel zog mich die Treppe hinunter und in die Küche.

»Hast du das mit den Chips und der Schoko kapiert?«, fragte sie mit leuchtenden Augen.

»Na klar. Du hast gar nicht abgenommen – wer denkt denn an so was? Du warst schon immer so dünn wie jetzt!«

»Genau! Du, Bille, ich hab dir was Wichtiges zu sagen!«

»Darauf warte ich ja schon die ganze Zeit. Wie hast du das bloß hingekriegt?«, fragte ich sofort.

»War ganz easy. Tonio ist voll eitel, ich musste nur sagen: ›Mann, du bist der Beste! Wie du das machst, ist einfach genial! Geil, wie du das immer alles hinbiegst!‹« Sie lachte. »Jetzt ist er hin und weg von mir. Ich habe gehört, wie einer aus der Schülerzeitungsgruppe meinte: ›Mensch, Tonio, da hast du ja fette Beute gemacht!‹ Ätzend, kann ich dir sagen.«

»Wieso? Du wolltest es doch so haben.«

»Klar. Es läuft alles nach Plan. Mindestens dreimal am Tag schreibt er mir ’ne SMS. Aber Bille, jetzt kommt’s: Er ist zu doof, sich was Eigenes auszudenken. Er klaut die SMS-Texte aus alten Schülerzeitungen.«

»Komm schon!«

»Ehrlich! Ich weiß das bestimmt.«

»Hast du es ihm gesagt?«

»Bin ich blöd? Ich bin doch erst beim ersten Teil meiner Rache. Den Clou hebe ich mir für später auf.«

Ich schüttelte den Kopf. »Kapier ich nicht.«

»Ich erkläre es dir nachher. Komm, schnapp dir ’ne Tüte Chips –«

»Warte. Was schreibt er denn so?«

»Du kriegst die Krise, wenn du das hörst. Eine SMS ging so: ›Anruf aus dem Himmel: Ein Engel wird vermisst. Hab dich nicht verraten.‹ Oder: ›Weißt du, dass die Welt eine riesige Keksdose ist und du mein absoluter Lieblingsschokoladekrümelkeks darin bist?‹«

»Mann, ist der blöd«, sagte ich erschüttert. »Warum gibst du dich mit ihm ab?«

Isabel verzog das Gesicht. »Weil ich immer noch in Jan verliebt bin und weil ich weiß, dass er in mich verliebt ist, aber er kriegt die Kurve nicht. Ich muss warten, bis er sagt: ›Hey, Isabel, ich hab 'nen blöden Fehler gemacht.‹«

»Und wenn er den Mut nicht aufbringt? Wenn er ein Loser ist?«

»Er ist kein Loser. Er ist nur ein bisschen langsam«, stellte Isabel klar. »Pack ein paar Sachen zusammen, Bille. Die werden misstrauisch, wenn wir so lange wegbleiben.«

Wir legten Chips und Salzstangen und Schokolade und Essiggurken und sonst noch allerlei aufs Tablett. Isabel trug die Gläser und Flaschen, Tonio spielte den guten Jungen und machte sich nützlich, indem er das Tischchen abräumte.

Jedes Mal, wenn er was sagte, verdrehte Mischa die Augen, nach fünf Minuten laberte nur noch Tonio. Einziges Thema: Tonios Super-Leistungen.

Isabel himmelte ihn dermaßen an, dass jeder normale Mensch die Show durchschaut hätte. Tonio aber merkte nichts.

Plötzlich stand Mischa auf. »Hier stinkt's«, sagte er mit Nachdruck und rümpfte die Nase. »Riechst du es auch, Bille?«

O Gott, war mir das peinlich, obwohl Mischa natürlich recht hatte: Tonio war der totale Angeber.

Isabel sprang auf. »Tut mir leid, Leute, wir müssen weiter. Kommst du, Tonio?«

Sie zwinkerte mir heimlich zu und machte das Zeichen von: Wir telefonieren später.

Nach dieser Aktion dauerte es eine kleine Ewigkeit, bis ich Mischa davon überzeugt hatte, dass Isabel nicht auf Tonio stand.

»Großes Ehrenwort«, versicherte ich. »Die Rache kommt noch. Aber wie die aussieht, hat sie mir nicht verraten.«

»Sagst du's mir, wenn es so weit ist?«, bat Mischa. »Voll cool von Isabel, wenn sie die Sache durchzieht, ehrlich.«

»Klar.«

»Vergiss es ja nicht, Bille.«

Mein Gott – Mischa konnte wahnsinnig hartnäckig sein!

Dienstag:

Ein Zwischenhoch sorgt für sonnige Abschnitte

An einem Dienstag im November waren meine weißen und rosa Seidenbänder alle. Die nähen wir immer selbst an die Ballettschuhe, weil jeder Fuß ein bisschen anders geformt ist. Ich ging also nach der Schule zu *Gabriele* und traf dort Jury, den Jungen aus unserer Gruppe und Kias Wochenend-Trainingspartner. Kritisch schaute er ein Tänzerinnen-Trikot nach dem anderen an.

Irritiert fragte ich ihn: »Sag mal, irrst du dich nicht? Die Männersachen findest du in der Ecke dort!«

Jury kommt aus Polen. Er spricht gut Deutsch und ist ziemlich witzig. »Ich steh auf Damentrikots, wusstest du das nicht?«

Er hielt sich eines neckisch vor den Bauch. »Bin ich nicht süüüß?«

»Komm, was machst du hier?«

»Ich suche etwas, das ich Kia zum Geburtstag schenken kann«, antwortete er.

»Himmel! Wann hat sie denn Geburtstag?«

»Übermorgen. Am Donnerstag. Wie findest du das? Steht ihr Dunkelrot?«

»Nimm Schwarz«, antwortete ich automatisch.

»Was könnte *ich* ihr denn schenken? Noch ein Trikot ist zu einfallslos, was?«

»Auf jeden Fall! Außerdem kannst du nicht einfach meine Idee klauen, Bille.«

Ich kaufte die Seidenbänder. Zu Hause ging ich sofort zu O-Lore. »Kia hat übermorgen Geburtstag. Ich hab keine Ahnung, was ich ihr schenken könnte.«

Leider fiel meiner Großmutter auch nichts ein. »Wie wäre es, Bille, wenn ich dich morgen nach dem Training abholen würde? Wir könnten zusammen etwas suchen – oder bist du schon mit Mischa verabredet?«

Sie hatte mir das Handy geschenkt, also konnte ich nicht sagen: Ja, und ich kann ihn nicht mehr erreichen.

»O. k.«, antwortete ich. »Treffen wir uns um fünf vor der Cranko-Schule?«

»Was wollt ihr denn in der Stadt?« Ma stellte den überquellenden Einkaufskorb auf den Fußboden.

»Kia hat Geburtstag. Hättest du vielleicht eine Idee, was ich ihr schenken kann?«

»Hm.« Sie packte die Milch und die Joghurtbecher in den Kühlschrank und drehte sich zu uns um. »Ich wüsste da schon was ... Was hältst du von einem Freundschaftsarmband, Bille?«

»So eines wie dieses hier?« Ich streckte meinen Arm aus.

O-Lore schüttelte ärgerlich den Kopf und runzelte die Stirn. »Ich bitte dich, Marion; schlafende Hunde soll man nicht wecken.«

»Es ist ja nur ein Luftballon. Wahrscheinlich steigt er nicht hoch«, antwortete Ma nachdenklich. »Ich finde, es ist ein eleganter Weg, er schadet niemandem und macht nur Freude.« Sie türmte Orangen in die Obstschale. »O-Lore, wir versuchen es, ja?«

Ärgerlich fragte ich: »Könntet ihr mir mal sagen, worüber ihr euch gerade unterhaltet?«

»Abgemacht«, sagte O-Lore rasch. »Wir treffen uns also morgen um fünf, Bille.«

»Was soll das mit dem Luftballon? Ihr habt ein Geheimnis; warum verratet ihr es mir nicht?«

Sosehr ich auch bohrte, sie schwiegen sich aus. »Das ist fies!«, rief ich empört und rannte in mein Zimmer.

Mit O-Lore in die Stadt zu gehen war ein Erlebnis. Erstens kannte sie Gott und die Welt, zweitens kam sie nie an der Markthalle vorbei, ohne reinzugehen und mit ihren Lieblingshändlern zu diskutieren, welches Gemüse oder Obst gerade empfehlenswert war. Sie schnupperte an exotischen Gewürzen, kaufte hier ein Stück Käse, dort eine besonders gute Salami und einer süßen Ananas konnte sie schon gar nicht widerstehen. Die Markthalle war ein Muss, aber genauso wichtig waren ihr der Kaffee und die besondere Sorte Tee, die sie immer erstand.

Ganz in der Nähe der Markthalle war der Juwelier, bei dem wir das Freundschaftsarmband kaufen wollten.

»Zeigen Sie uns bitte die Anhänger«, bat O-Lore.

Der Händler hatte eine ganze Menge davon, aber sie tippte sofort auf zwei winzige Ballettschuhe. »Was hältst du davon, Bille?«

»Perfekt.« Ich hätte sie auch gerne für mein Armband gehabt, aber das ging in diesem besonderen Fall ja nun wirklich nicht.

O-Lore deutete auf ein kleines silbernes Rechteck.

»Könnten Sie ›Für Kia – von Bille‹ eingravieren und das Geschenk bis morgen fertig machen? Ich hole es um die Mittagszeit ab.«

Ich fand es ja sehr nett von O-Lore und Ma, dass sie sich mit dem Geburtstagsgeschenk dermaßen ins Zeug legten – aber dass sie das nicht nur Kias wegen taten, war so klar wie Kloßbrühe.

Noch misstrauischer wurde ich am anderen Morgen. Da sagte meine Ma so ganz nebenbei: »Ach, Bille, falls Kia nicht schon was anderes vorhat, lade sie doch morgen zum Abendessen ein. Es ist nicht schön, wenn man seinen Geburtstag allein und in der Fremde feiern muss.«

Ich zögerte, weil ich ja wusste, dass Kia bei uns immer Heimweh bekam. »O. k., Ma. Ich will's versuchen. Aber dann sagst du mir auch, was es mit dem Luftballon auf sich hat, ja?«

»Später, Bille. Ich verspreche, es dir später mal zu sagen.« Mehr war aus meiner Mutter nicht herauszubekommen.

Vor der ersten Stunde, noch auf dem Schulhof, lud ich Kia ein.

»Oh, das ist sehr nett, vielen Dank, Bille. Aber ich

werde nicht kommen können, ich habe Jury versprochen, mit ihm zu üben.«

»Aber doch nicht abends, oder? Bring ihn einfach mit«, schlug ich vor. »Ich lade noch Isabel und Mischa ein, dann feiern wir eine richtige Party.«

»Es wäre die erste Geburtstagsparty in meinem Leben«, antwortete Kia und ich sah, wie sehr sie sich freute.

Übers Handy teilte ich Ma die angepeilte Gästezahl mit und wunderte mich ein bisschen, dass sie nicht besonders erfreut darüber war. »Was ist?«, fragte ich. »Du magst doch Gäste! Sonst sagst du immer, je mehr, desto fröhlicher!«

Bevor sie antworten konnte, klingelte es, bei dem Lärm auf dem Schulhof verstand ich sowieso nichts mehr, also schaltete ich das Handy aus. Wir gingen ins Klassenzimmer und beeilten uns, die Englischsachen auf den Tisch zu legen. Mit Hornikel war nicht zu spaßen.

Bertram war ganz aufgeregt. »Verdammt, heute habe ich aber auch alles vergessen. Mein Hund hat nämlich auf die Bücher gepinkelt, die liegen noch auf der Heizung zum Trocknen.«

»Du hast doch gar keinen Hund«, sagte Isabel. »Was soll der Quatsch?«

»Hab die Aufgaben nicht gemacht. Hoffentlich will er sie heute nicht sehen.«

Heinz Hornikel, unser Englischlehrer, wollte sie sehen. Bertram stöhnte fürchterlich und hob den Arm.

»Ja, Bertram?«

»Ach, Herr Hornikel, ich weiß ja, dass Sie der beste Englischlehrer der Welt sind und dass Sie sich solche Mühe mit uns geben. Wir alle wissen das sehr zu schätzen, aber –«

»Bertram!« Herr Hornikel ließ sich auf seinen Stuhl fallen. »Pack deine Sachen und troll dich. Los, ab in den Weinberg!«

»Bitte? Was soll ich denn da?«, stotterte Bertram, weil ihn Hornikel aus dem Konzept gebracht hatte.

»Deine Intelligenz ist in der Schule fehl am Platz. Du bist der geniale Schleimer. Von dir könnten sogar die Schnecken im Weinberg noch etwas lernen.«

»Wenn ich schleimen würde«, rief Bertram empört, »würde ich sagen: ›Natürlich habe ich die Hausaufgaben gemacht, allerdings habe ich das Heft letzte Nacht im Zimmer Ihrer Tochter liegen lassen!‹ Haben Sie eine Tochter, Herr Hornikel?«

Wir brüllten vor Lachen und er lachte mit. Es ist allgemein bekannt, dass Hornikel fünf Töchter und keinen einzigen Sohn hat.

In der Pause luden wir zuerst Isabel ein, die sofort sagte: »Klar komme ich! Aber tut mir den Gefallen und verlangt nicht, dass ich Tonio mitbringen soll!«

»Quatsch, du kommst alleine. Oder ist es mit Jan …?«

»Nee, das geht nicht«, antwortete sie knapp.

»O. k.« Ich tippte Mischa eine SMS, dass er um fünf Uhr gleich zu mir nach Hause kommen solle. Dann schickten Kia und ich Jury eine SMS. Nachdem er zugesagt hatte, verkündete ich meiner Mutter die frohe Botschaft, dass wir tatsächlich zu fünft anrücken würden.

Im Internat überraschte Herr Weber Kia mit einem Blumensträußchen. »Zu deinem vierzehnten Geburtstag, Kleine. Sei weiter so fleißig, aber vergiss nicht, dass es draußen vor dem Ballettsaal auch noch ein Leben gibt.«

»Vielen herzlichen Dank. Es beschämt mich, dass Sie so gut zu mir sind, Herr Weber. Sagen Sie, habe ich Post bekommen?«

Er verzog bekümmert das Gesicht und ich ahnte, weshalb er Kia die Blumen geschenkt hatte. »Leider nicht, aber weißt du, auf dem weiten Weg von Hongkong bis Stuttgart kann sich ein Brief leicht verspäten.«

Kia bemühte sich tapfer, ihre Enttäuschung zu verbergen. »Aber natürlich, Sie haben ganz recht. Der Brief meiner Eltern wird morgen oder übermorgen eintreffen. Und ... aber ... ist vielleicht ein Anruf für mich gekommen?«

Herr Weber schüttelte bedauernd den Kopf. »Nicht dass ich wüsste ... leider, Kia.«

Mensch, dachte ich fassungslos, ich hätte gesagt: So ein Mist aber auch! Da hat man ein einziges Mal im Jahr Geburtstag und was ist? Die Family verpennt das Datum. Kia aber erklärte: »Ich werde ein wunderschönes Geburtstagsfest erleben. Billes Eltern haben mich eingeladen, wir feiern eine richtige Party.«

»Also das freut mich für dich, Kia!«, rief Herr Weber und sah dabei richtig erleichtert aus.

Vor dem Umkleideraum standen die anderen aus unserer Ballettklasse. »Happy birthday«, sangen Natascha, Uzonka, Randa, Mayuka, Jury und Benni, und als ich einstimmte, überlegte ich, wie es wohl klingen würde, wenn alle in ihrer Muttersprache singen würden: in Russisch, Polnisch, Südafrikanisch, Japanisch und Deutsch. »Sagt mal, wie wäre es, wenn –«

»Schön, dass ihr so fröhlich seid.« Frau Bandiol schaute auf die Uhr. »Gibt es einen besonderen Anlass?«

»Kia hat Geburtstag«, erklärte Jury.

»Oh, wunderbar«, entgegnete Frau Bandiol kühl. »Dann wird Kia zur Feier des Tages ihr Solo tanzen dürfen.«

Wow, das war ja vielleicht ein »Geschenk«! Für mich wäre der Tag jetzt voll im Eimer gewesen, aber Kia sah das anders. »Vielen Dank, Frau Bandiol. Es wird das erste Mal vor Zuschauern sein. Ich werde mich sehr anstrengen müssen«, entgegnete sie höflich.

»Ich erwarte nichts anderes.«

Das war so hart, dass wir alle schluckten. Alle außer Kia. »Selbstverständlich. Das weiß ich«, erwiderte sie ruhig.

Frau Bandiol ließ uns zappeln.

Das Nocturne begann damit, dass wir acht eine Polonaise tanzten, dann kam Kias Solo und zum Schluss tanzten wir wieder gemeinsam eine Art Reigen. Das Ganze dauerte knappe fünf Minuten, wovon das Solo ungefähr eine Minute beanspruchte.

Für den ersten Teil der Polonaise trainierten wir zwei Stunden, dann machten wir eine Viertelstunde Pause, dann kam wieder unsere Polonaise. Sie endete damit, dass wir in Grüppchen zu zweit und zu dritt zusammenstanden und die Stellung ohne zu wackeln beibehalten mussten. Peter spielte Klavier, aber bei der Aufführung sollte die Musik von der CD kommen.

Frau Bandiol schaltete das Gerät ein. Junge, war das ein Unterschied! Der Pianist auf der CD, schien mir, spielte in doppelter Geschwindigkeit, nach wenigen Takten tanzten wir hoffnungslos der Musik hinterher.

»Das klappt noch nicht«, stellte Frau Bandiol unzufrieden fest. »Peter, wir brauchen Sie wieder. Von morgen an werden wir besonders auf Schnelligkeit achten. Kia, eins, und zwei, und drei ...«

Kia begann mit einer Ecarté devant, der Pose, in der ein Bein nach vorne zum Publikum hin gestreckt und ein Arm nach oben gehalten wird. Dann ging sie in eine Attitude über – das Standbein gerade, das Spielbein nach hinten angewinkelt –, tanzte eine Arabesque – und Frau Bandiol rief: »Stop! Halte das Bein höher! Höher! Noch höher! Dein Fuß verlängert nicht die Linie! Achte auf den Fuß! Nein!«

Sie hielt Kias Fuß so, dass das gestreckte und auswärts gedrehte Bein zusammen mit dem maximal gestreckten Fuß eine gerade Linie bildete.

»Noch mal von vorne. Eins, und zwei ... Nein, die Handfläche zeigt nach unten! Wo hast du deine

Augen!? Sie haben der Linie deines Armes zu folgen!«

Endlich war sie zufrieden. Kia ging in ein Penché über und machte zum Schluss sechzehn Piqués in Richtung Ecke des Saals. Dort kam sie mit angewinkelten Armen zum Stehen.

So viel Frau Bandiol kritisiert hatte, so wenig lobte sie jetzt. »Nicht schlecht für den Anfang.« Das war alles.

Wir hatten Kias Solo atemlos verfolgt. »So möchte ich es auch mal können«, meinte Randa ehrfürchtig und drückte damit aus, was wir alle dachten.

Im Umkleideraum sagte Kia: »Mit diesem Solo bedanke ich mich bei meinen Eltern für das, was sie mir ermöglichen. Ich wünsche mir so sehr, dass sie zur Aufführung kommen könnten. Aber es wird nicht möglich sein.«

»Macht doch nichts«, entgegnete Randa und rieb sich die Zehen mit Heilsalbe ein. »Das Ganze wird doch aufgenommen. Schick ihnen die Kassette, das ist besser als nichts.«

Später:

Der Blitz schlägt ein!

Über der Haustür hing eine »Happy-Birthday«-Girlande, vor dem Eingang balancierte Joschy auf seinem Skateboard, und als er uns sah, brüllte er: »Sie kommen!«

Gespannt traten wir ein. Mitten auf dem Esstisch prangte ein Schokoladenkuchen mit vierzehn brennenden Kerzen. Ma, Pa, O-Lore und unsere Freunde sangen zur Abwechslung »Viel Glück und viel Segen«, dann wurde Kia von allen abgeküsst und beglückwünscht und musste die vierzehn Kuchenkerzen alle auf einmal auspusten. Es war nett von Joschy, dass er ihr dabei half.

Anschließend kam die Bescherung. Es war so feierlich wie an Weihnachten, obwohl ja nur Kia etwas bekam!

Jury schenkte ihr ein Trikot in Weiß, Isabel ein Duschgel mit Aprikosenduft, Joschy eine Postkarte aus der Wilhelma mit dem Bild von Ernst-Einar, dem Ameisenbärbaby, Pa ein Buch über Stuttgart, Mischa ein Päckchen chinesischen Tee aus O-Lores Teegeschäft, von dem er versicherte, er rieche garantiert wie ihre Lieblingssorte, nämlich nach Vanille und Karamell, und dann überreichten wir drei

Frauen – O-Lore, Ma und ich – die kleine Box mit dem Glücksarmband.

Joschy stellte neugierig fest: »Ich weiß gar nicht, was in der Schachtel ist. Mach sie mal auf, aber dalli, dalli!«

Kia lächelte, zog behutsam die Schleife auf und öffnete den Deckel. »Oh«, sagte sie erstaunt. »Ein Kettchen mit einem Talisman. Das sind – das sind ja Spitzenschuhe!«

Joschy konnte seinen Mund einfach nicht halten. »Freust du dich über den Klimperkram? Echt?«

»Ich bin sehr glücklich.« Kia schluckte und schluckte. Wir traten verlegen von einem Bein aufs andere, mein Pa räusperte sich vor Rührung, nur O-Lore nahm Kia einfach in die Arme. »Du brauchst dich nicht immer zu beherrschen, Kleines. Manchmal muss man einfach weinen, sogar dann, wenn man glücklich ist.«

»Was wird meine Mutter sagen, wenn sie das Armband sieht! Es ist ein großer Zufall; sie hat auch –«

In diesem Augenblick klingelte das Telefon. Pa eilte zum Apparat. »Wengert«, meldete er sich kurz angebunden, weil er dachte, es sei mal wieder seine Bank.

»Ja, am Apparat«, sagte er und dabei wurde seine Stimme völlig ausdruckslos. Jeder aus unserer Familie weiß: Das bedeutet »Alarmstufe eins«. Er gab Ma ein Zeichen, ging in sein Arbeitszimmer und schloss hinter sich die Tür. Das bedeutete »Höchste Alarmstufe«.

»Garantiert ein Banküberfall«, vermutete mein kleiner Bruder. »Vielleicht haben die Gangster sogar geschossen. Mann, das wär 'ne geile Sache!«

Wir hielten den Atem an, obwohl natürlich keiner von uns wissen konnte, was der Anruf bedeutete und ob etwas Schlimmes geschehen war – aber dass etwas geschehen war, das ahnten wir.

Als Pa zurückkam, nahm er Kia in die Arme. »Du musst jetzt sehr tapfer sein. Ich habe keine guten Nachrichten für dich, aber wir werden alles tun, um dir zu helfen.«

Kia wurde weiß und flüsterte: »Ein Unglück?«

»Ein Unfall.«

»Wer?«

»Dein Vater, Kia, er liegt schwer verletzt im Krankenhaus. Du musst so schnell wie möglich nach Hause fliegen.«

Spätabends:

Dunkle Wolken

Ich konnte lange nicht einschlafen, der Tag war einfach zu turbulent gewesen. Nach dem Anruf von Herrn Weber, der ja wusste, dass Kia bei uns war, und nach dem abrupten Ende der Geburtstagsparty gab es noch jede Menge Aufregungen. Pa telefonierte zuerst mit dem Direktor der John Cranko-Schule, dann mit dem Flughafen, um für Kia einen Platz im nächsten Flieger zu bekommen, und schließlich mit Frau Schneider, unserer Klassenlehrerin. Mit wem er sonst noch telefonierte, weiß ich nicht, jedenfalls war er ziemlich lange beschäftigt.

Kia weigerte sich, bei uns zu übernachten. Schließlich fuhren Ma und ich sie und Jury schweren Herzens in die Urbanstraße. Danach setzten wir Mischa in Plieningen ab.

Als wir wieder zu Hause waren, hing Pa noch immer oder schon wieder am Telefon, Isabel hatte die »Happy-Birthday«-Girlande über der Haustür abgenommen und sich zu O-Lore gesetzt, um Hausaufgaben zu machen.

»Die kann Bille dann gleich abschreiben, wenn sie zurück ist«, hatte sie erklärt. »Das ist doch besser als morgen früh, oder?«

O-Lore war über ihre Hilfsbereitschaft dermaßen gerührt, dass sie ihr ein silbernes Armkettchen als Ersatz für das schäbig gewordene Bändchen versprach, an das sie den rosa Kussmund, die Erinnerung an ihre erste große Liebe, einhängen konnte.

Ich hatte es bescheuert gefunden, dass Kia zwar weiß wurde, als sie die schlimme Nachricht erhalten hatte, dass ihr Kinn zitterte und ihr die Tränen in den Augen standen. Aber dass sie um nichts in der Welt ihren Schmerz zeigen wollte, verstand ich einfach nicht. »Sag mal, Isabel, findest du das richtig, dass man sich immer so zusammenreißen soll?«, fragte ich sie. »Ich meine, wir beide hätten doch sofort losgeheult, oder? Und weißt du, bei Kia geht es ja um so viel. Was auch immer passiert ist, wer weiß, ob ihr Vater überhaupt wieder gesund wird. Wer bezahlt dann ihr Schulgeld?«

Isabel klappte das Mathebuch zu. »Vielleicht muss man einfach so tapfer und gefasst sein wie Kia, sonst hält man die Ungewissheit gar nicht aus«, meinte sie.

»Wahrscheinlich hast du recht«, entgegnete ich. »Trotzdem – ich hätte geheult wie ein Schlosshund, aber ich bin ja auch nicht Kia.«

Freitag:

Der Himmel zieht sich vollständig zu

Am nächsten Tag fuhr Ma Kia nach Frankfurt, denn von Stuttgart aus gab es keinen Direktflug nach Hongkong.

In der Schule verlangte Bertram ihre Handynummer von mir und wollte mir nicht glauben, dass sie keines besaß. »Das ist ja voll wie im Mittelalter. Kein Mensch ist heutzutage mehr handylos«, jammerte er. »Wie kann ich sie denn erreichen? Hat sie wenigstens 'ne E-Mail-Adresse?«

»Nein, einen Laptop habe ich nie in ihrem Zimmer gesehen. Außerdem – wenn sie einen gehabt hätte, hätte sie nicht auf einen Brief von zu Hause gewartet. Na ja, vielleicht haben ihre Eltern einen PC …«

Ich hatte nicht mal ihre Hongkonger Adresse, versprach ihm aber, die herauszufinden. »Und dann? Willst du nach China fliegen? Bezahlst du den Flug von deinem Taschengeld?«, spottete ich. »Vielleicht hast du ja so viel Knete, dass du mich mitnehmen kannst, was?«

Bertram war echt down. Zum ersten Mal machte er keine Witze, sondern schüttelte nur trübsinnig den Kopf und murmelte: »Luftpost.«

»Wie bitte?«

»Ich schreibe ihr einen Brief und schicke ihn per Luftpost nach Hongkong«, sagte er. »Hast du jetzt kapiert, was ich meine?«

»O. k., hab alles mitgekriegt. Ich empfehle dir, den Brief auf einem PC mit supergutem Rechtschreibprogramm zu tippen.«

»Blöde Kuh«, knurrte er. »Absolut herzlos bist du, Bille.«

Obwohl Kia nie viel gesagt hatte, fehlte sie sehr.

Das merkte ich erst recht, als ich mich am Nachmittag mit den anderen im Umkleideraum warm machte.

»Ich war gestern ziemlich neidisch auf ihr Solo«, gestand Randa. »Aber deshalb hätte ihr Vater ja nicht gleich verunglücken müssen. Wie alt ist Kias Vater, weiß das jemand?«

Es stellte sich heraus, dass niemand etwas Genaueres über Kia und ihre Familie wusste, nicht mal Jury, mit dem sie sonntags viel zusammen war.

Frau Bandiol öffnete gerade die Tür zum Übungsraum, als Randa fragte: »Sagt mal, was geschieht jetzt eigentlich mit unserem Nocturne?«

Wenige Minuten später wussten wir es.

Frau Bandiol machte ein Zeichen, dass wir uns auf den Boden setzen sollten. »Ihr alle wisst, dass Kias Vater einen Unfall hatte und dass sich Kia im Augenblick auf dem Weg nach Hongkong befindet«, sagte sie und beschränkte sich damit wie immer aufs Wesentliche. »Wir, Herr Manacz und ich, wissen nicht, wann sie zurückkommen wird. Tatsache ist, dass unsere Aufführung von heute an gerechnet in drei Wochen und zwei Tagen stattfindet. Das bedeutet, dass Kia nicht wird trainieren können und deshalb auch nicht das Solo tanzen kann. Selbst wenn sie nach einer Woche zurück sein sollte, was wir bezweifeln, könnte sie die verlorene Zeit kaum aufholen. Der Direktor und ich wissen jedoch nicht einmal, ob sie überhaupt wiederkommen wird.«

Frau Bandiol machte eine Pause und sah uns der Reihe nach an.

Jetzt kommt's, dachte ich, jetzt wird sie sagen, dass das Solo aus dem Nocturne gestrichen wird. – Da hatte ich mich aber kräftig geirrt!

»An den kommenden Nachmittagen werdet ihr alle das Solo trainieren. Danach entscheide ich mich, wer es bei den beiden Aufführungen tanzen wird. Das war's, was ich zu sagen hatte. Geht an eure Plätze.«

»Das ist der Wahnsinn«, flüsterte Natascha rechts neben mir.

»Keine von uns wird das schaffen«, zischte Randa eine Spur zu laut.

»Du täuschst dich«, entgegnete Frau Bandiol kühl. »Eine oder einer von euch *wird* es schaffen.«

Das Training an diesem Tag war der helle, der komplette, der totale Wahnsinn. Als ich drei Stunden später unter der Dusche stand, waren meine Zehen wund, meine Beine zitterten, ich war einfach kaputt. Und jetzt noch die Hausaufgaben, jetzt noch für die Mathearbeit morgen lernen, jetzt noch

Vokabeln büffeln, dachte ich … Und Mischa? O Gott, das pack ich nicht!

Als Mischa mich in den Arm nahm, sank ich nur an seine Brust.

»Hey, was ist denn los?«, fragte er.

»Ich bin fertig, Mischa, so was haben wir noch nie erlebt.«

»O. k. Ich höre.«

Als ich ihm Frau Bandiols Plan geschildert hatte, meinte er sofort: »Das heißt doch im Klartext, Bille, dass wir uns in nächster Zeit nicht sehen können, weil ihr wie die Geistesgestörten herumhüpfen müsst. O. k., das habe ich kapiert. Das Ganze ist zwar ein abartiger Stress, aber danach treffen wir uns und feiern. Ich überleg mir schon, wie … Na ja, 'ne Warteschleife von ein paar Tagen ist zwar nicht easy, aber irgendwie pack ich die Zeit ohne dich.«

»Du schon – aber ich?«

»Bille!«, rief Mischa entsetzt. »Du bist ja voll depri!«

Das brachte mich zum Lachen.

Diesem Nachmittag folgten die härtesten Tage meines dreizehnjährigen Lebens. Isabel kam abends zu mir, gemeinsam erledigten wir die Hausaufgaben, fragten uns die Vokabeln ab und machten uns fit für die Schule am nächsten Tag.

»Finde ich voll cool von dir, dass du mit den Aufgaben bis zum Abend wartest«, sagte ich am zweiten Abend. »Du bist eben meine beste Freundin.«

»Nur kein vorschnelles Lob«, meinte Isabel grinsend. »Ich habe tagsüber sowieso keine Zeit.«

»Wie bitte? Was treibst du denn so?«

»Ich bastle am zweiten Teil meiner Rache. Bald bin ich so weit, dass ich dir alles sagen kann. Komm, jetzt machen wir weiter.«

Samstag:

Geschlossene Wolkendecke

Am Samstag, ganz genau zehn Minuten vor fünf, klatschte Frau Bandiol in die Hände. »Schluss für heute. Ich habe mich entschieden: Natascha und Bille, ab kommender Woche plant ihr die Stunde von fünf bis sechs Uhr zum Extra-Training fürs Solo ein. Die endgültige Entscheidung treffe ich kurz vor den Aufführungen.«

Wie versteinert lehnte ich an der Stange. Langsam formte sich ein Gedanke, ein einziger, in meinem Kopf: Ich werde *»Nein«* sagen, ich will *»Nein«* sagen! Ich will Zeit haben für Mischa!

»Ich gehe davon aus, dass ihr wisst, was das Solo für euch bedeuten kann. Also strengt euch an«, sagte Frau Bandiol.

Damit war das Training zu Ende.

Aber im Umkleideraum ging's dann los, da ging die Post ab!

»Mensch, Bille, das ist 'ne Wahnsinnschance für euch«, sagte Mayuka. »Gratuliere!«

Natascha fiel mir um den Hals, Mayuka freute sich aufrichtig für uns, Uzonka umarmte abwechselnd Natascha und mich, Jury und Benni riefen aus der Garderobe nebenan, nur weil sie Jungs seien, hätten sie keine Chance gehabt – und Randa … Randa versprühte Gift und Galle.

»Ich bin genauso gut wie ihr! Ich weiß das, aber Frau Bandiol hasst mich, sie tut alles, um mich klein zu halten! Aber klar, Bille, du machst ihr schöne Augen, keine Gelegenheit lässt du aus, um ihr zu zeigen, wie toll du sie findest!«

»Was für ein Blödsinn«, unterbrach sie Mayuka. »Was du da sagst, stimmt nicht.«

»Pah, ich weiß genau, was ich sage!«, schrie Randa, packte ihre Klamotten und rauschte aus der Umkleide.

Jury schüttelte den Kopf. »So ein Biest! Wie kann man nur so fies sein.«

»Sie ist nicht fies, sie ist enttäuscht«, stellte Uzonka klar. »Sie hat fest damit gerechnet, das Solo tanzen zu dürfen. Und ehrlich gesagt, mir ist eigentlich kein Unterschied zwischen euch und ihr aufgefallen. Ich finde, Randa tanzt wirklich nicht schlechter als ihr. Na, aber machen kann man da ohnehin nichts. Wenn Frau Bandiol sich entschieden hat, ändert sie ihre Meinung nicht mehr.«

Natascha ging es ähnlich wie mir: Sie war sprachlos und musste die Sache erst mal verdauen.

»Du, Bille, was ist, wenn ich das Solo tanzen muss? Bist du dann sehr enttäuscht? Hasst du mich dann dafür?«

»Ich wollte, Frau Bandiol hätte sich sofort für dich entschieden«, entgegnete ich. »Dieses Extratraining ist einfach nur lästig für mich.«

»Meinst du das ehrlich?«, fragte Natascha entgeistert.

»So ehrlich, wie ich nur sein kann. Ich will das Solo nicht tanzen, ich will Zeit haben fürs Leben!«

»Aber … aber das Ballett *ist* das Leben, es ist *unser* Leben«, entgegnete Natascha.

»Für dich vielleicht. Aber für mich gibt's noch was anderes.«

Mischa und ich hatten uns für den Sonntag verabredet. Kaum war ich wenige Schritte von der Cranko-Schule entfernt, tippte ich seine Handynummer an.

»Mischa!«, rief ich in den Apparat. »Es ist was Schreckliches geschehen!«

»Hast du dir das Bein gebrochen? Cool, was Besseres könnte uns gar nicht passieren!«

Aufgeregt schilderte ich ihm Frau Bandiols Entschluss. »Was soll ich nur tun?«, jammerte ich. »Ich kann doch nicht absichtlich schlecht tanzen!«

»Warum nicht?«, entgegnete Mischa. »Es gibt aber noch eine andere Möglichkeit, Bille: Sag es einfach. Sag einfach, du wirst das Solo nicht tanzen.«

»Das geht nicht, das ist komplett unmöglich!«

»Warum? Erklär mir das bitte.«

»Beim Ballett ist das so.«

»Das ist keine Erklärung.«

»Mischa, versteh doch, Schülerin der Cranko-Schule zu sein ist eine Auszeichnung. Ich muss mich voll einsetzen!«

»Warum jammerst du mir dann was vor? Warum tust du so, als könntest du so oder so handeln? Du kannst ja gar nichts anderes tun als das, was deine Frau Bandiol von dir will«, sagte er böse und setzte noch eins drauf: »Es gibt eine einzige Möglichkeit für uns: Brich dir das Bein.«

»Das geht nicht«, antwortete ich hilflos. »Warum willst du das einfach nicht verstehen?«

»Du musst entscheiden, was dir wichtig ist.« Er unterbrach die Verbindung.

»Mistkerl!«, fauchte ich.

Vor Erschöpfung, Wut und Hilflosigkeit fing ich an zu heulen, kam mit roten Augen zu Hause an und warf mich schluchzend in O-Lores Arme. Sie hörte meinem Jammern geduldig zu und meinte dann: »Das ist genau der Schlamassel, vor dem dich deine Ma bewahren wollte, Bille. Mischa sieht das ganz richtig, jetzt läuft alles auf eine Entscheidung hinaus. Eines muss dir aber klar sein: Frau Bandiol wird schnell sehen, wenn du nicht ernsthaft trainierst. Das wird sie dir sehr übel nehmen.«

»Ich weiß.«

»Egal wie du dich entscheiden wirst, einer Person wirst du wehtun müssen.«

»Das verstehe ich nicht. Ich muss mich doch zwischen Mischa und dem Ballett entscheiden, O-Lore. Wer ist dann die zweite Person?«

»Das bist du selbst«, antwortete O-Lore. »Würde es dir nicht leidtun, wenn du nicht mehr tanzen dürftest?«

»So weit habe ich noch gar nicht gedacht«, sagte ich leise. »Ich habe immer gedacht, ich könnte mit Mischa zusammen sein *und* tanzen.«

»Das hattest du gehofft.« O-Lore trat ans Fenster und schaute in die Nacht hinaus. »In den kommenden Wochen wirst du keine Zeit für Mischa haben. Für ihn heißt das, dass du das Ballett lieber hast als ihn.« Sie drehte sich um. »Für ihn ist das alles auch nicht leichter als für dich, Bille.«

Später im Bett malte ich mir aus, auf was ich in den kommenden Wochen verzichten musste: auf den gemütlichen Bummel über den Weihnachtsmarkt, auf vorweihnachtliche Teestunden mit Ma und O-Lore, auf verschwatzte Stunden mit Isabel, auf das Treffen mit Ernst-Einar, dem Ameisenbärbaby, das immer größer wurde – und vor allem: auf Mischa. Auf so viel Schönes musste ich verzichten.

Und wofür? Dafür, dass Frau Bandiol am Ende doch Natascha auswählte? Tja, genau das war der Wahnsinnsmist, dann wären nämlich meine Anstrengungen und der ganze Verzicht für die Katz gewesen.

Wozu? Was war dann der »Lohn«? Eine verpatzte Chance und ein vergrätzter Lover. Ha!

Himmel noch mal, was für eine bescheuerte Lage, in der ich mich da befand!

Sonntagmorgen:

Ein Wetterwechsel bahnt sich an

»Hey!« Wir saßen noch beim Frühstück, als Isabel hereinplatzte. Sie trug einen hellgrünen Jogginganzug, der zu ihren rotgoldenen Haaren einfach umwerfend aussah.

»Tolle Farbe hat der Anzug«, lobte meine Ma, die dafür ja einen geschulten Blick hat. »Salbeigrün.«

»Stimmt genau«, bestätigte Isabel überrascht. »Das stand auch auf dem Etikett. – Sag mal, Bille, kannst du mal kommen?«

»Habt ihr Geheimnisse?«, wollte Joschy sofort wissen.

»Na klar, Kleiner, aber dir verrate ich eines davon. Weil du es bist, ja?«

Joschy winkte verächtlich ab. »Will gar nichts wissen. Eure Geheimnisse sind eh nur Mädchenkram. Nix Wichtiges.«

»Ja, wenn man noch so jung ist wie du, ist Mädchenkram unwichtig. Werd mal ein bisschen älter, dann änderst du deine Meinung auch noch. Wetten?« Isabel streckte die Hand aus.

»Phhh … Mir doch egal!«

Oben in meinem Zimmer ließ sich Isabel aufs ungemachte Bett fallen. »Ich hab's geschafft! Gestern Abend hab ich mich für die ›Fette‹ gerächt!«

»Nein! Wie hast du das gemacht?«

»Also«, erzählte Isabel, »Jan hat – genau wie ich es mir gewünscht habe – die Kurve gekratzt. Er hat mich abgepasst und gemeint, er hätte damals voll den Esel gespielt, blablabla, du kannst dir denken, was er alles gesagt hat, und ob ich ihn hassen würde, und wenn nicht, ob wir dann mal zusammen ins Kino gehen könnten oder so.«

»Und? Was hast du geantwortet?«

»Weil alles nach Plan ablief, habe ich gesagt, klar, wir könnten schon mal ins Kino gehen, aber wenn dann wieder einer seiner Kumpels käme und abfällige Bemerkungen über mich machen würde, also dann hätte ich die Nase echt und endgültig voll, schließlich sei er ja auch nicht gerade Stuttgarts Allerschönster. Na ja, um die Sache kurz zu machen: Wir sind in eine Fünf-Uhr-Vorstellung gegangen und ich hab getestet, ob er noch immer in mich verliebt ist oder nicht.«

»Und?«

»Er ist's«, erklärte Isabel kurz und bündig. »Volle Kanne.«

»Gut für dich.«

Isabel runzelte die Stirn. »Hm. Darüber reden wir nachher. Jedenfalls meinte er, weil er so blöd gewesen wäre, sei jetzt ja leider Tonio mein Freund. Das könne er gut verstehen. Aber weil er jetzt wisse, was für ein Idiot er gewesen sei, hätte er gerne 'ne zweite Chance. Einmal könne jeder einen

Fehler machen und einmal könne man den doch verzeihen.«

»Eigentlich ja«, sagte ich und fügte in Gedanken hinzu: nur nicht bei uns im Ballett.

»Ich wollte ja gar nichts anderes und Tonio ist mir schon immer auf den Wecker gegangen. O. k.? Nachdem ich mich also mit Jan versöhnt hatte, tippte ich Tonio eine SMS. Die habe ich – und jetzt kommt's, Bille! –, die habe ich aus einer alten Schülerzeitung und –«, Isabel machte eine dramatische Pause, »und sie stand unter einem Text, den Tonio mir einmal wortwörtlich gesendet hatte.«

»Himmel! Weißt du den Text auswendig?«

»Meinen? Klar. Er ist so gut, dass man ihn locker behalten kann. Er geht so:

Diese Ausstrahlung!
Dieses Lächeln!!
Diese Intelligenz!!!
Dieses hübsche Gesicht,
diese wunderschönen Augen!!!!
Aber genug von mir –
wie geht es dir?«

»Das ist stark. Hast du das wirklich abgeschickt?«

»Na klar.«

»Und? Kam eine Antwort?«, fragte ich neugierig.

»Na klar«, wiederholte sie. »Er schrieb: ›Nix versteh‹.«

»Was hast du darauf geantwortet?«

»Spickzettel 21/7/04.«

»Wie bitte?«

»Titel der Schülerzeitung, Seitenzahl, Monat, Jahr«, erklärte Isabel knapp. »Jetzt weiß er, dass ich seinen geklauten Texten auf die Spur gekommen bin, er weiß, dass ich ihn intelligenzmäßig für den totalen Loser halte, dass er ein Volltrottel ist, und – ich habe mich gerächt.« Isabel lachte böse. »Die Fette – ha!«

»Genial. Du hast dich wahnsinnig verändert. Kein Babyspeck mehr, tolle Frisur, klasse Haarfarbe, aber die massivste Veränderung ist …«

»Ja?«

»Wie soll ich es sagen? Du bist anders geworden. Vor einem halben Jahr hast du geheult und gejammert. Jetzt bist du total stark und fit. Damit meine ich nicht nur deine Figur, Isabel. Du hast dir sogar deinen Jan zurückgeholt. Klasse, ehrlich.«

»Du hast recht, Bille.« Isabel schüttelte den Kopf und kicherte. »Das Blöde, Bille, das absolut Blöde ist nur, dass ich in Jan leider nicht mehr verliebt bin.«

»Waaas?«

»Ich dachte wirklich, ich sei verliebt, aber ich glaube, das habe ich mir nur gewünscht. Kennst du das? Meine Mutter hat mal gesagt: ›Das, was man hat, das will man nicht, und was man will, das hat man nicht.‹ So geht es mir jetzt, Bille. Ist das nicht ätzend?«

»Mensch, Isabel! Das darf einfach nicht wahr sein!«

»Es ist wahr. Leider. – Wie geht es mit Mischa?«

»Der ist sauer.« Ich berichtete ihr von Frau Bandiols Entscheidung. »Da hat er einfach gesagt: ›Du musst dich entscheiden‹, und aufgelegt, der Mistkerl.«

»Das hat man gern«, sagte Isabel und tippte eine Nummer ein. »Hey, Mischa, wie geht's? Was ich sagen will: Du kannst Bille jetzt nicht hängen lassen. Wann kommst du? … Wohin? Wir sitzen in Billes Zimmer … O. k., in einer halben Stunde.«

Wir warteten. Als er kam, lehnte er sich gegen den Türrahmen, stopfte die Hände in die Taschen seiner Großraumhose und sagte finster: »Ich will nicht immer nur auf dich warten müssen, Bille. Außerdem ist dir das Ballett sowieso wichtiger, als ich es dir bin. Du trainierst das Solo, also hast du dich gegen mich entschieden.«

»Das stimmt nicht, Mischa! Ich weiß doch selber nicht, was ich tun soll!«

Nach einigem Hin und Her meinte Isabel: »Nehmt es doch als 'ne weitere Testphase. Dauer eine Woche, würde ich vorschlagen. Dann weiß Bille vielleicht schon, ob sie das Solo tanzen muss oder nicht. Ist doch ein faires Angebot, oder?«

Freitag:

Ein Lichtblick, aber ein anderer!

Es wurde eine megaharte Woche. Das Training bis fünf war schon hart, aber die zusätzliche Stunde war der absolute Horror. Frau Bandiol kannte kein Erbarmen, wir trainierten wieder und immer wieder die Arabesque und den Übergang in ein Penché. Nach zwei Tagen schon war mir klar, dass ich besser war als Natascha, am dritten Tag wurde ich ungeduldig, weil sie ewig brauchte, bis sie etwas begriff, und am vierten erwachte mein Ehrgeiz. Ich wollte nicht nur besser sein als Natascha, ich wollte sehr viel besser sein als sie – und ich war es! Zum Beispiel hatte Natascha nach der Arabesque nicht mehr genügend Kondition für die sechzehn schnellen Piqués. Bei einem Piqué, einer schnellen Drehung, muss man nämlich den Blick auf einen Punkt in einer bestimmten Ecke richten und den Kopf so schnell wie möglich drehen, damit man den Blick wieder auf den Punkt fixieren kann. Der Grund dafür ist, dass es einem auf diese Art nicht allzu schwindlig wird.

»Schneller, schneller! Der Kopf muss schneller sein!«, rief Frau Bandiol ständig. Aber Natascha konnte den Kopf einfach nicht schneller drehen.

Wir trainierten nach der Musik von der CD. »Das ist furchtbar schnell«, jammerte Natascha. Sie hatte recht – der Pianist legte sich so richtig ins Zeug. Wenn Peter spielte, richtete er sich zwar auch nicht unbedingt nach uns, aber er beobachtete uns und nahm automatisch Rücksicht, wenn wir nicht mitkamen.

»Na, wie geht's euch denn so?«, wollte Randa am fünften Tag wissen, als wir uns aufwärmten. Das war gegen halb zwei, ich nahm gerade mein Glücksarmband ab und kramte in meiner Tasche herum, weil sich das rote Lederbeutelchen wie immer ganz nach unten verkrochen hatte.

»Glaubst du wirklich, dein ›Springender Fisch‹ verhilft dir zum Solo?«, spottete sie. »Bille, du bist bescheuert.«

Randa musste immer sticheln, so war sie eben. Deshalb sagte ich so ruhig wie möglich: »Halt dich da raus, Randa.«

»Geht dich nichts an, ob ich mich raushalte oder nicht. Ich kann sagen, was ich will, und ich sage dir, Bille, das Solo hätte ich besser getanzt als du«, giftete sie.

»Geh zu Frau Bandiol und verschone mich mit deinem Gelaber.«

»Gelaber? Du wirst schon sehen, es ist kein Gelaber!«

»Was ist kein Gelaber?« Frau Bandiol stand in der Tür.

Niemand antwortete. Mayuka, Jury, Benni und Uzonka wollten nicht petzen, und sich einmischen wollten sie schon gar nicht. Was hätte ihnen das auch gebracht?

Natascha schwieg und Randa war zu feige, um Frau Bandiol ihre Meinung zu sagen.

Mein Vormittag in der Schule war kein Honiglecken gewesen. Wir hatten eine Bioarbeit geschrieben und in Englisch hatte Hornikel Vokabeln abgefragt. Ich hatte nichts gegessen, weil einfach keine Zeit dazu gewesen war, ich war müde, schlapp und hatte gerade einen fetten, fiesen Durchhänger. »Randa meint, sie tanzt das Solo besser als ich«, antwortete ich.

»Ja, wenn ich so viel hätte trainieren können wie Bille und Natascha«, verteidigte sich Randa.

»Gut, wenn du meinst, Randa ... Bleib nach fünf Uhr hier und trainiere mit uns. Hinterher wissen wir, wer recht hat, du mit deiner Meinung oder ich mit meiner Wahl.«

»Aber ich hatte doch nicht so viel Trainingszeit wie –«

»Das weiß ich und ich werde es berücksichtigen, Randa«, unterbrach Frau Bandiol sie kühl. »Beeilt euch.«

»Puh, da hast du dir aber ganz schön was eingebrockt, Randa«, meinte Jury mitleidig.

Randa funkelte mich wütend an. »Bille hat mir das eingebrockt.«

»Komm, sei fair. Du hast es dir selber eingebrockt«, stellte Natascha nüchtern fest. »Beiß die Zähne zusammen und zeig, ob es stimmt, was du behauptest.«

Randa biss die Zähne zusammen, aber schon nach wenigen Minuten war klar, dass sie das Solo nie und nimmer hätte tanzen können, auch nicht nach der doppelten Trainingszeit. Als sie sich dann bei den Piqués mit den Beinen verhaspelte, schüttelte Frau Bandiol nur den Kopf. Sie brauchte gar nichts zu sagen.

Randa setzte sich auf den Boden und lehnte den Rücken an. Ihr Gesicht hatte dieselbe Farbe wie die Wand.

Um sechs klatschte Frau Bandiol in die Hände. »Ich habe mich heute entschieden. Bille wird das Solo tanzen.«

»Oh!« Natascha nickte gefasst.

Im Umkleideraum fiel sie mir um den Hals. »Mensch, bin ich froh! Es ist 'ne elende Schinderei, Bille. Alles Gute!«

»Danke.« Ich wusste, dass sich Frau Bandiol richtig entschieden hatte. Ich war besser als Natascha. »Du bist nicht …?« Ich schielte zu Randa rüber, die sich gerade abtrocknete und so tat, als würde sie uns nicht zuhören.

»Eifersüchtig? Nein, nur erleichtert. Wir sind doch erst dreizehn, Bille, ich werde schon noch so gut wie du!«

»Das erwarte ich auch von dir«, machte ich Frau Bandiol nach und zog den »Springenden Fisch« aus dem Beutelchen. »Vielen Dank, du hast mir Glück gebracht!«

Meine Eltern freuten sich mächtig über Frau Bandiols Entscheidung. Joschy allerdings zog ein

Gesicht und jammerte, dass sich jetzt niemand mehr um ihn kümmern würde.

»Was?«, rief mein Pa. »Sofort kümmere ich mich um dich, Joschy. Für die nächsten Wochen stellen wir ein Programm auf, in dem wir jede Sekunde, in der ich zu Hause bin, gemeinsam verbringen werden.«

»Pa! So war das nicht gemeint!« Joschy verließ fluchtartig das Zimmer.

O-Lore sagte nur: »Gut. Meine einzige und liebste Enkelin weiß, was sie will. Gratuliere!«

»Falsch«, sagte ich zu O-Lore. »Frau Bandiol hat sich für mich entschieden, weil ich besser bin als Natascha. Das ist alles.«

Samstagnachmittag:

Zäher Nebel

Um die Mittagszeit rief Kia bei uns an und teilte meinem Pa, der zufällig den Hörer abgehoben hatte, mit, dass sie vermutlich nicht wieder nach Deutschland kommen werde.

»Liegt es am Geld?«, fragte mein Pa. Wenn es um Geld geht, ist er als Banker immer sehr direkt. »Was meinst du? Du kannst deine Mutter jetzt nicht verlassen? Verstehe. Andererseits wissen wir alle, dass du dein Training nicht zu lange unterbrechen solltest. Ich spreche jetzt nicht von den Aufführungen im Dezember. Habt ihr eine E-Mail-Adresse? Gut, ich notiere. Maile mir, hörst du? Vielleicht kann ich dir und deiner Mutter helfen.«

Bevor er auflegen konnte, riss ich ihm den Hörer aus der Hand. »Hey, Kia! Ich tanze dein Solo!«

»Du bist sehr gut, du weißt das nur nicht, aber Frau Bandiol ist klug, sie sieht mehr, als du denkst. Achte auf deinen Talisman und vergiss nicht, was ich dir sagte: Nicht verlieren und nicht stehlen lassen!«

»Kia, ich werde ihn nicht verlieren. Und wer sollte ihn schon stehlen wollen? Es interessiert sich doch niemand für den Fisch.«

Falsch gedacht: Nach dem Training war der »Springende Fisch« verschwunden.

Ich hatte gerade geduscht, mich angezogen und frisiert. Zum Schluss kramte ich wie immer den kleinen roten Lederbeutel aus der Tasche. Die Armkette war darin, der Talisman fehlte.

Fassungslos starrte ich auf die Kette. Randa!, war mein erster und einziger Gedanke. Sofort rannte ich die Treppen hinauf und platzte ohne anzuklopfen in das Zimmer, das Randa sich mit Danielle teilte.

Wortlos hielt ich ihr das Armband vors Gesicht.

Gereizt fragte sie mich: »Was soll ich damit?«

»Siehst du nicht, was hier fehlt?«

»Ach, dein Talismanfischchen. Na und?«

»Gib es zurück! Sofort!«

»Sag mal, spinnst du? Das Training war wohl ein bisschen zu viel für dich, was?«

»Gib mir sofort den Fisch!«

»Ich kann ihn dir nicht geben. Ich habe ihn nämlich nicht.«

»Du hast ihn doch. Wer sonst hätte Interesse daran, mir den Talisman zu stehlen?«

»Woher soll ich das wissen? Frag doch deine Freunde«, entgegnete Randa verächtlich. »Verschwinde. Ich hab ihn nicht, den blöden Fisch.«

Mit hängenden Schultern verließ ich das Zimmer. Was jetzt? Hatte Randa gelogen? Oder stimmte es, was sie sagte?

Auf dem Heimweg rief ich Mischa an.

»Es ist was Furchtbares passiert! Mischa, ich brauche deine Hilfe, kannst du kommen?«

»Klar. Wann?«

»Jetzt, sofort, komm zu mir. Bitte!«

»O. k. Ich beeil mich, Bille!«

Das Haus war leer. Ich tigerte von der Diele ins Wohnzimmer und zurück, hin und her, und kaute an meinem Daumen. Ich habe Kias E-Mail-Adresse, fiel mir ein, ging an Pas Laptop und tippte: »Kia, der ›Springende Fisch‹ wurde gestohlen. Was soll ich tun?«

Wieder lief ich hin und her – und dann kamen alle gleichzeitig, meine ganze Familie, O-Lore und Mischa.

»Hey, Bille, was ist los? Du siehst ja voll beknackt aus«, stellte Joschy fest. Er ist immer so direkt, egal ob wir nur zu zweit oder ob andere dabei sind.

»Jemand hat den ›Springenden Fisch‹ geklaut. Wisst ihr, was das bedeutet? Es ist pures Unglück.«

Pa schüttelte den Kopf. »Bille, sei vernünftig. Ein kleiner Anhänger entscheidet nicht über Glück oder Unglück. Gut, das Schmuckstück ist verschwunden, vielleicht taucht es nie wieder auf, aber daraus eine große Aktion zu machen, halte ich nicht für sinnvoll.« Pa brachte wie immer alles flink und sauber auf die Reihe.

»Du weißt nicht, was Kia mir sagte«, jammerte ich. »Es ist ganz anders, als du denkst.«

»Dann erkläre es uns«, meinte O-Lore. »Komm, setz dich, Kind, und berichte.«

»Ich hasse es, wenn du ›Kind‹ zu mir sagst«, schimpfte ich und ließ mich neben Mischa nieder. »Kia hat festgestellt, dass der Anhänger aus China kommt und als mächtiger Talisman gilt. Er schenkt Glück, Erfolg und ein langes Leben. Aber wenn man ihn verliert, bedeutet es, dass einen das Glück verlässt. Wenn er gestohlen wird, hext einem der Dieb Unglück an den Hals. So ist das.«

Ma legte ihren Arm um meinen Hals. »Bille, dein Vater hat recht. Der Verlust schmerzt, klar, aber der Fisch kann ersetzt werden. Was den Talisman betrifft, so ist es ja möglich, dass er in China besondere Kräfte hat. Aber bei uns ist es nicht so. Bei uns ist der ›Springende Fisch‹ ein Schmuckstück und nichts weiter.«

»Das stimmt doch nicht, Ma. Du warst es, die mir den Fisch geschenkt hat! Du hast gesagt, er soll mein Glücksbringer sein! Warum erinnerst du dich nicht mehr daran?«

»Das war doch nicht ernst gemeint, Bille.«

»Ich glaube dir nicht. Was ist, wenn ich mir beim Training das Bein breche? Wenn ich stolpere und mir eine Zerrung hole? Dann kann ich mein Solo in den Wind schießen, das war's dann, dann waren die ganze Schinderei und die Zeit und überhaupt alles nur für die Katz! Dann haben Mischa und ich uns ganz umsonst nicht gesehen!«

»Bille!« Joschy baute sich vor mir auf. »Du spinnst. Du glaubst den Mist doch selber nicht, den du verzapfst.«

Alle lachten.

»Weißt du was?« Er griff in seine Hosentasche und hielt nach einigem Herumsuchen ein Steinchen ins Lampenlicht. »Das ist jetzt dein Talisman. Es ist ein ganz besonderer Stein, er kommt nämlich direkt aus dem Wald!«

Joschy brachte mich zur Besinnung.

Später, als ich mit Mischa in meinem Zimmer war, fragte ich ihn, weshalb er die ganze Zeit über kein Wort gesagt hatte.

»Was hätte ich sagen sollen? Du weißt, was ich von Talisman und Co. halte.«

»Das ist nicht wahr!«, rief ich empört. »Du hast gesagt, es sei unser gemeinsamer Liebes-Talisman. Tut es dir nicht leid, dass er verschwunden ist?«

Er hob die Schultern. »Mir tut leid, dass du so viel trainieren musst. Ich meine, jetzt, wo du das Solo tanzen wirst, hast du natürlich überhaupt keine Zeit mehr für mich.«

»Stimmt. Aber am zehnten Dezember ist alles vorbei.«

Mischa lachte auf. »Dann kommt das nächste Solo, das übernächste, das überübernächste ... Bille, mach dir nichts vor. Du hast dich fürs Ballett entschieden.«

»Nur vorübergehend.«

»So? Nur vorübergehend? Ich will dir mal was sagen – nicht mal vorübergehend will ich in deinem Leben die zweite Geige spielen. Ich nicht.«

»Aber Mischa –«

»Ich habe es satt, immer nur auf dich warten zu müssen!«, schrie er. »Ich will keine Freundin, die am Tag höchstens eine Viertelstunde oder so für mich hat! Ich will nicht ständig von meinen Freunden blöd angemacht werden!«

»Mischa, bitte –«

»›Wo ist denn deine Bille? Die hat wohl wieder mal keine Zeit für dich? Drehst du mal wieder 'ne Warteschleife? Mann, würde mir das stinken!‹«, äffte er seine Freunde nach.

»Aber Mischa«, versuchte ich mich zu rechtfertigen, »du hast von Anfang an gewusst, dass ich wenig Zeit habe. Ich habe dir nie etwas vorgemacht, du –«

»Vergiss es«, unterbrach mich Mischa. »Du hast dich fürs Tanzen entschieden. Das ist alles, was für mich zählt.«

Wumm! Die Tür war zu. Ich hörte, wie er die Treppe hinunterrannte.

Schluchzend warf ich mich aufs Bett und trommelte wütend und verzweifelt aufs Kissen. Warum hatte Mischa keine Geduld? Es war doch nur ein ganz kleines Solo, nach den beiden Aufführungen hatte ich wieder Zeit und ... Plötzlich hielt ich die Luft an, denn schlagartig wurde mir bewusst, dass ich nie so viel Zeit für ihn haben würde, wie er es sich von einer Freundin wünschte.

Langsam stand ich auf und trat ans Fenster. Mischa hatte recht: Obwohl ich in ihn verliebt war und obwohl ich wusste, wie viel ich ihm bedeutete, hatte ich mich gegen ihn entschieden.

Sei ehrlich, Bille, sagte ich mir, das Solo ist dir wirklich wichtiger als Mischa. Kein Freund steckt so was einfach weg, so ’ne Erfahrung tut verdammt weh.

Mischa tat mir furchtbar leid, aber ich tat mir auch leid. Warum hatte ich mich auch verlieben müssen!? Ich lehnte die Stirn an die Scheibe und spürte, wie mir die Tränen über die Wangen rannen.

Später dann sagte O-Lore: »Gegen einen solchen Berg von Unglück hilft nur Kamillentee. Bille, leg dich ins Bett, ich bring ihn dir hoch.«

Als sie an meinem Bettrand saß, der Tee in der Tasse dampfte und ich meine Füße an die Wärmflasche presste, meinte sie: »Ich bin sehr stolz auf meine Enkelin. Sie hat sich rechtzeitig entschieden.«

»Stimmt nicht, Frau Bandiol hat entschieden, nicht ich«, wiederholte ich müde. »Das hab ich jetzt davon. O-Lore, ich bin ja so unglücklich!«

»Kindchen …«

»Sag nicht ›Kindchen‹ zu mir und sag bloß nicht, dass alles wieder gut wird! Nichts wird wieder gut, nichts, nichts, nichts!«, heulte ich.

O-Lore saß an meinem Bett und trank Kamillentee. Genau wie ich. Sie schwieg. Ich war ihr sehr dankbar dafür.

Der Sonntag und die folgenden Tage:

Unverändert trist und trübe

Am nächsten Morgen las ich Kias Antwort: »Der Verlust des ›Springenden Fisches‹ ist ein großes Unglück. Du hast aber eine Chance: Du musst stärker sein als die Person, die dir schaden will. Du musst kämpfen, Bille!«

Leicht gesagt, Kia, dachte ich verzweifelt. Verrate mir, welche Person den Fisch geklaut hat, dann weiß ich, ob ich stärker bin als sie!

Während der folgenden Tage spürte ich vor lauter Schule und Doppeltraining kaum etwas von meinem Liebeskummer. Nur wenn ich endlich im Bett lag, hatte ich Zeit, an Mischa zu denken. Da vermisste ich ihn, ich wünschte mir nichts sehnlicher, als ihm etwas zu erzählen oder ihn nach seiner Meinung zu fragen. Ich dachte an unseren ersten Kuss, an die moosüberzogene Bank, an das Standbild der Galatea … Ich erinnerte mich an alles, was wir gemeinsam erlebt, gesehen und gehört hatten. Die Erinnerungen taten so weh, dass ich mich jede Nacht in den Schlaf heulte.

Noch etwas machte mir schwer zu schaffen: der Verlust meines Talismans. Dass jemand aus purer Gemeinheit meinen »Springenden Fisch« klauen konnte, hatte mich mächtig verunsichert. Aber der fiese Diebstahl hatte mich auch zu einer Kämpferin werden lassen. Dem Dieb werde ich es zeigen!, schwor ich mir. Jetzt, wo Mischa die Fliege gemacht hatte, werde ich auf keinen Fall schwach werden und auch noch das Solo verpatzen. Das wäre ja noch schöner!

Ich trainierte also und fieberte der Hauptprobe entgegen. Die fand am Samstagmorgen statt und fiel katastrophal aus, aber das muss so sein. Wie jeder weiß, ist eine katastrophale Hauptprobe die beste Voraussetzung für eine gelungene Aufführung.

Premierensonntag:

Die Sonne bricht durch!

An jedem Platz in unserer Garderobe stand ein Väschen mit einer Blume, auf einem Kärtchen stand »Viel Glück!« und daneben lag ein kleines Glückssymbol: ein Kaminfeger aus Schokolade, ein Marienkäfer, ein vierblättriges Kleeblatt. Nur an meinem Platz lag etwas anderes – ein niedlicher Fisch aus neonrotem Plastik.

Wir zogen uns um, wärmten uns auf, wurden frisiert und geschminkt, und die ganze Zeit fühlte ich mich wie in Watte gepackt. Klar, ich war aufgeregt, aber irgendwie war die Aufregung nah und doch weit weg, gehörte nicht wirklich zu mir.

Erst als Frau Bandiol mir dreimal über die linke Schulter spuckte, was unter Künstlern das Zeichen für Glück und Erfolg ist, wachte ich auf. Plötzlich hämmerte mein Herz, meine Hände wurden feucht, mein Kopf war leer, ich war sicher, mich an keine einzige Schrittfolge zu erinnern, alles durcheinanderzubringen und mit blanker Festplatte wie ein Volltrottel auf der Bühne zu stehen.

Wie die Zeit bis zum Auftritt verging, weiß ich bis heute nicht. Wir alle warteten seitlich der Bühne.

»Das Große Haus ist seit Wochen ausverkauft«, sagte eine Stimme.

»Das ist doch immer so«, antwortete eine andere Stimme.

»Wenn du in den Zuschauerraum schaust, siehst du nur helle Flecken; das sind die Gesichter.«

»Könnt ihr nicht den Mund halten?«, zischte jemand. »Ihr macht mich nervös!«

Wir warteten eine endlos lange Zeit. Auf einmal gab uns Frau Bandiol das Zeichen, kurz darauf hörten wir die ersten Takte unseres Nocturnes von Chopin, mein Herz klopfte wie wild, mein Mund war trocken, mir wurde richtiggehend übel, ich schluckte verzweifelt – dann, irgendwie, ohne zu wissen, wie es geschehen war, befand ich mich auf der Bühne. Urplötzlich war ich so ruhig wie noch nie in meinem Leben, ich fühlte den vertrauten Boden durch die dünnen Sohlen, spürte die Hitze der Scheinwerfer, aber vom Zuschauerraum nahm ich nichts wahr. Wir tanzten die Polonaise, einen Atemzug lang war Pause, ich hob die Arme und …

Da war nur noch die Musik. Sicher machte ich die ersten Schritte, glitt in die Arabesque, hielt sie mühelos, genauso mühelos gelang mir der Übergang zum Penché, die Verbindungsschritte waren kein Thema, die sechzehn Piqués quer über die Bühne ein reines Vergnügen.

Ich reihte mich wieder ein, wir tanzten den Reigen. Das war's.

Schade, dachte ich. Schade, dass der Tanz schon zu Ende ist: Noch nie, noch gar nie hatte ich etwas so schön, so intensiv erlebt, noch nie war ich so lebendig, so kraftvoll, so meiner selbst bewusst und so mit Freude erfüllt gewesen wie während dieser fünf Minuten auf der Bühne.

Frau Bandiol lächelte mir zu. »Gut gemacht, Bille.«

»Danke! Frau Bandiol …«

»Ja?«

»Ich war gar nicht aufgeregt.«

»Auf der Bühne, meinst du?«

Ich nickte.

»So muss es sein.«

»Ja. Aber davor war ich aufgeregt. Ich hatte alles vergessen.«

»Auch das muss so sein.«

Später:

Abendrot verspricht Wetterbesserung!

Ich wusste, dass nach der Aufführung meine Eltern, O-Lore und Joschy auf mich warteten. Deshalb beeilte ich mich mit dem Abschminken, Duschen und Anziehen, umarmte noch einmal Natascha und alle anderen – auch Randa! – und eilte über die Treppen und Gänge Richtung Ausgang.

»Hey, Bille!«

»Hey, Isabel! Toll, dass du gekommen bist!« Ich schlang einen Arm um meine Freundin.

»Mischa!« Unsicher sah ich ihn an.

»Du warst super!«, rief Isabel. »Du warst einsame Spitze. Jetzt weiß ich erst, was du kannst! Ich bin so stolz darauf, dass du meine Freundin bist, ehrlich!«

»Komm schon«, sagte ich verlegen.

Mischa räusperte sich. »Ich bin's auch. Stolz, meine ich.«

Ich schluckte. Am liebsten hätte ich ihn umarmt, aber das ging ja nicht. Nicht nach dem, was er gesagt hatte: Du hast dich fürs Ballett entschieden.

»Ich hab dir was mitgebracht. T-t-tut mir leid, ehrlich«, stotterte er.

Ich verstand nur Bahnhof. »Wie bitte? Was tut dir leid?«

Er drückte mir ein Päckchen in die Hand. »Mach's auf. O Gott, das ist mir ja so was von peinlich, Bille ...«

Ich löste das weiße Band, schlug das rote Seidenpapier zurück, und –

»Hey, das ist ja mein ›Springender Fisch‹!«

»Sag's!« Isabel stieß Mischa an. »Los, kneifen gilt nicht!«

»Ich war der Dieb.« Mischa lief knallrot an. »Ich wollte, dass du dich für mich entscheidest, und ich dachte, wenn du den Talisman nicht mehr hast, gibst du das Tanzen auf.«

Ich schwieg. Was hätte ich sagen sollen?

»Voll blöd, was? Jetzt weiß ich, dass du dich richtig entschieden hast.«

»Du irrst dich. Frau Bandiol hat für mich entschieden. Aber eines hast du nicht gewusst, Mischa.«

»Was denn?«

»Man muss stärker sein als der Dieb.«

Isabel lachte. »Genau wie bei meiner Rache. Ich musste auch besser werden als Tonio und ›die Fette‹, als die er mich kennengelernt hat.«

Mischa streckte die Hand aus. »Sorry. Tut mir leid, das mit dem Talisman. Ich war voll blöd. Aber – bleiben wir Freunde, Bille?«

»Das ist die doofste Frage des Jahrhunderts«, antwortete ich. »Ihr seid meine besten Freunde!«

»Gut. Dann mach das mal auf.« Isabel überreichte mir feierlich ein zweites Päckchen.

Wieder löste ich das weiße Band, schlug das rote Seidenpapier zurück. »Ein Seepferdchen!«

»Wir haben unser Taschengeld zusammengeworfen und dir einen zweiten Talisman gekauft. Es ist ein spezieller Bille-Mischa-Isabel-Freundschafts-Talisman«, erklärte Isabel. »Wenn wir drei zusammen sind, ist es gut, aber wenn ich mich mit Mischa allein treffe, hast du auch nichts dagegen, oder? Ich sage das, damit die Sache zwischen uns klar ist.«

Mit einem Schlag war die Freude in mir wie weggepustet. Ich verstand. Isabel hatte sich in Mischa verliebt. Deshalb also war ihr Jan gleichgültig geworden! Ich schluckte mühsam.

»Es tut schon ein bisschen weh«, sagte ich leise. »Obwohl – es ist klasse, dass du so ehrlich bist.«

»Du bist meine beste Freundin«, antwortete Isabel einfach. »Ich will keine Heimlichkeiten haben und ich will nicht, dass du denkst, ich hätte dir Mischa weggenommen.«

»Hast du dich in Isabel verliebt?«, fragte ich Mischa direkt.

Er hob die Schultern und fuhr sich verlegen durch die Haare. »Sie tanzt nicht und sie hat immer Zeit.«

Die Antwort tat verdammt weh. Mühsam sagte ich: »Klar. Ich versteh dich, Mischa.« Dann, ganz plötzlich, erinnerte ich mich an die Minuten auf der Bühne, die alles Bisherige in den Schatten gestellt hatten. Da war eine solche Freude und Kraft in mir gewesen, wie ich sie zusammen mit Mischa nie erlebt hatte. Nicht mal beim ersten Kuss, nicht mal, als ich wusste, dass ich mich in ihn verliebt hatte.

»Ich verstehe dich, Mischa«, wiederholte ich. »Und mich verstehe ich jetzt auch. Ich weiß, dass ich tanzen muss.«

Isabel fiel mir um den Hals. »Bille, ich bin ja so froh! Wir drei –«

»Bille, wo bist du? Wir warten auf dich!«

»Das ist meine Ma!«, sagte ich. »Ich muss gehen. Bis übermorgen, ja?« Ich stand schon an der Treppe, als mir noch etwas einfiel. »Isabel, bei mir geht der Spruch anders als bei dir.«

Sie verstand sofort, was ich meinte. »Wie denn?«

»Das, was ich habe, will ich auch!« Ich rannte los. Am Künstlereingang standen meine Eltern, Joschy, O-Lore mit einem riesigen Blumenstrauß im Arm, eine Asiatin, die ich nicht kannte, und –

»Kia!«

»Bille!«

O-Lore drückte mir den Blumenstrauß in den Arm, Pa schob uns alle nach draußen – und dann, zu Hause, folgten die letzten großen Überraschungen des Tages.

Abends:

Ein neues Hoch

Ma hatte ein kleines Fest vorbereitet. Es gab etwas zu essen, Pa öffnete eine Flasche Sekt und schenkte sogar Kia, Joschy und mir ein paar Tropfen ins Glas, alle ließen mich hochleben, und als wir gegessen hatten und ich vor Spannung fast umgekommen war, erfuhr ich endlich die Neuigkeiten.

Pa hatte, zusammen mit O-Lore, ein paar Hebel in Bewegung gesetzt und es fertiggebracht, dass Kia ein Stipendium erhalten würde.

»Ich bleibe hier«, sagte sie strahlend. »Ich freue mich ja so, Bille!«

Dass die Unbekannte Kias Mutter war, hatte ich natürlich längst gecheckt. Dass sie aber auch Mas Geheimnis war, das erfuhr ich erst jetzt. Joschy und Kia übrigens auch …

»Unser Geheimnis!«, sagte Ma und legte den Arm um Kias Mutter. »Willst du es lüften, Liniang?«

Die schüttelte lächelnd den Kopf.

»Die Geschichte ist schnell erzählt«, sagte Ma. »Liniang ging in dieselbe Ballettschule wie ich, wir wurden Freundinnen wie ihr, Kia und Bille, wir tauschten Glücksarmbänder und Liniang schenkte mir den ›Springenden Fisch‹. Ich kaufte ihr ein winziges Paar Ballettschuhe.«

»Ahhh! Das war der ›Luftballon‹!«, rief ich. »Bevor du weitererzählst, Ma, schaut mal, was ich hier habe!« Ich hob das Handgelenk. Am Armkettchen baumelten der »Springende Fisch« und das Seepferdchen.

»Du warst stärker als der Dieb!«, rief Kia. »Ich wusste es!«

»Hey!« Joschy sprang auf. »Wer war der Fiesling?«

»Das möchten wir alle gerne wissen«, sagte Pa. »Aber lass zuerst deine Mutter fertig erzählen, ja?«

»O. k.«, sagte Joschy ungeduldig. »Aber mach's kurz, Ma. Billes Fisch-Krimi ist garantiert spannender als deine Geschichte, wetten?«

»Nein!«, riefen Kia und ich gleichzeitig. »Ma, schieß los, wir möchten alles über euch beide wissen!«

»Liniang tanzte viel besser als ich«, fuhr Ma fort. »Wirklich, das ist die reine Wahrheit. Unglücklicherweise verliebte sie sich in einen Mann, den ich nicht gut fand, er war fies, unehrlich und hatte außer ihr noch andere Freundinnen. Wir stritten uns seinetwegen, aber Liniang war so verliebt, dass sie sogar die Ballettschule verließ, um mit ihm zusammen zu sein. Natürlich hielt die Sache nur wenige Monate. Liniang war zu stolz, um zurückzukommen. Ich verstand das, aber ich vermisste sie sehr. Es dauerte lange, bis ich sie vergessen konnte. Als wir dich kennenlernten, Kia, versuchte ich dich auszufragen. Aber du hast nichts verraten, also startete ich den ›Ballon‹.«

»Geil.« Joschy warf sich ein paar Chips in den Mund und biss krachend zu.

»Ich bin schließlich nach Hongkong zurückgekehrt«, berichtete Liniang auf Englisch weiter. »Meine Eltern waren sehr unglücklich über mich. Ich war auch unglücklich, ich wusste, dass ich einen großen Fehler gemacht hatte. Tanzen – das war nun vorbei für mich.«

O-Lore zwinkerte mir zu. Ich wusste, was sie mir damit sagen wollte. »Man muss eben rechtzeitig wissen, was man wirklich will«, flüsterte ich ihr zu.

Liniang schaute mich an. »Du hast etwas gesagt. Ich habe dich nicht verstanden, sorry.«

»M-m-man muss wissen, was man will«, stotterte ich verlegen.

»Ja«, bestätigte Liniang. »Aber leider trifft man manchmal die falsche Entscheidung. Ich habe mich damals nicht richtig entschieden. Trotzdem habe ich später viel Glück gehabt. Ich habe Kias Vater, er ist Engländer, kennengelernt und geheiratet.«

»Wie geht es ihm denn?«, fragte ich rasch.

»Viel besser. Wir sind sehr zuversichtlich, dass er wieder ganz gesund wird und nichts zurückbleibt. Aber das kann Monate dauern.«

»Ma hat mich nur begleitet, um alles wegen des Stipendiums zu regeln, das dein Vater für mich eingefädelt hat«, erklärte Kia. »Sie wird nur wenige Tage hierbleiben. Das ist schade.«

Ihre Mutter nickte. »Ich vermisse meine Tochter.

Zuerst war ich sehr unglücklich, als Kia erklärte, sie wolle tanzen. Ich habe alles versucht, sie davon abzubringen.«

»Das hast du«, bestätigte Kia.

»Es war für uns alle keine leichte Zeit. Aber ich weiß jetzt, dass Kia sich richtig entschieden hat.« Liniang legte meiner Ma die Hand auf den Arm. »Ich bin so froh, dass Kia bei euch eine zweite Heimat gefunden hat. Ich bin glücklich.«

»Wir auch.« Kia und ich lachten uns an.

»War das alles?« Joschy sprang auf. »Bille, nun verrate es endlich: Wer hatte den ›Springenden Fisch‹ geklaut? Und warum?«

»Du wirst es nicht glauben, Joschy«, antwortete ich. »Es war –«

»Mischa?«, riet O-Lore.

Ich nickte.

»Hab doch immer gesagt, der Typ ist ein Loser«, meinte Joschy selbstgefällig.

»Joschy!«, rief ich. »Sei nicht fies. Er hat's nur getan, weil er mich nicht verlieren wollte. Trotzdem: Ich habe mich fürs Ballett entschieden.«

Sissi Flegel

Das Ballett ist für die 13-jährige Bille das wichtigste im Leben, dafür lehnt sie auch ohne Reue Einladungen zu Geburtstagen oder Kinobesuchen mit Freunden ab. Dass Billes beste Freundin Isabel nur Jungs im Kopf hat, kann Bille überhaupt nicht verstehen! Bis sie sich selbst verliebt ...

Schule, Ballett & erster Kuss
ca. 208 Seiten
ISBN 978-3-570-40069-2

Schule, Ballett & Dornröschenkuss
ca. 206 Seiten
ISBN 978-3-570-40071-5

Schule, Ballett & Handykuss
ca. 224 Seiten
ISBN 978-3-570-40070-8

40070

cbj

www.cbj-verlag.de